이 사람을 보라

Behold the Man by Michael Moorcock
Copyright © 1969 by Michael and Linda Moorcock
All rights reserved.

Korean Translation Copyright © 2013 by Sigongsa Co., Ltd.
This Korean translation edition is published by arrangement with
Baror International, Inc. through EYA(Eric Yang Agency).

이 책의 한국어판 저작권은 EYA(Eric Yang Agency)를 통해
Baror International, Inc.와 독점 계약한 ㈜시공사에 있습니다.
저작권법에 의해 한국 내에서 보호를 받는 저작물이므로 무단 전재와 무단 복제를 금합니다.

이
사람을
보라

마이클 무어콕 지음
최용준 옮김

시공사

일러두기
1. 본문에 인용된 성서 구절은 신구교 공동 번역본인 《공동번역성서》를 따랐다.
2. 본문의 주는 모두 옮긴이 주이다.

톰 디시를 위해

차례

1부 9
2부 137
3부 181
옮긴이의 말 255

I

타임머신은 우윳빛 액체로 가득 찬 구이고, 그 안에 둥둥 떠 있는 고무 수트 차림의 여행자는 타임머신의 벽과 연결된 호스가 부착된 마스크를 통해 숨을 쉰다.
 구가 착륙하면서 갈라지고, 안의 액체가 쏟아져 나와 흙에 흡수된다. 구가 구르기 시작하며 메마른 땅과 바위에 부딪힌다.

 오, 예수님! 오, 하느님!
 오, 예수님! 오, 하느님!
 오, 예수님! 오, 하느님!
 오, 예수님! 오, 하느님!

젠장! 무슨 일이 일어난 거야?
난 좆 됐어, 끝장이야.
이 쌍놈의 기계가 작동하지 않아.
오, 예수님! 오, 하느님! 이 빌어먹을 기계는 언제까지 계속 이렇게 부딪혀댈까!

구에서 액체가 빠지며 그 높이가 낮아지자 칼 글로거는 몸을 공처럼 둥글게 말고, 타임머신의 안감을 이루는 부드러운 비닐에 몸을 파묻는다.
용도를 잘 알 수 없는 문양이 그려진, 범상치 않은 기계들은 아무 소리도 내지 않으며, 움직이지도 않는다. 구가 움직임을 멈추지만, 마지막 남았던 액체가 옆쪽 넓게 벌어진 틈으로 흘러나가자 다시 흔들리더니 구르기 시작한다.

난 왜 이런 짓을 한 걸까? 난 왜 이런 짓을 한 걸까? 난 왜 이런 짓을 한 걸까? 난 왜 이런 짓을 한 걸까? 난 왜 이런 짓을 한 걸까? 난 왜 이런 짓을 한 걸까?

글로거의 두 눈이 재빨리 떴다 감기고, 이윽고 하품하듯 입이 벌어지더니 혀가 이리저리 움직이다가 신음이 나오고, 그 소리는 곧 대성통곡으로 이어진다.

글로거는 자기 울음소리를 들으며 멍하니 생각에 잠긴다. 혀의 목소리, 무의식의 언어……. 하지만 글로거는 자기가 하고 있는 말을 알아들을 수 없다.

공기가 쉿쉿거리고 비닐 안감이 꺼지기 시작하자, 결국 누워 있던 글로거의 등이 금속 벽에 닿는다. 그는 비명을 멈추고 깔쭉깔쭉 갈라진 구의 균열을 바라본다. 균열 너머에 무엇이 있는지는 전혀 궁금하지 않다. 그는 움직이려 하지만 몸이 전혀 말을 듣지 않는다. 타임머신의 깨진 벽 사이로 들어오는 차가운 공기 때문에 글로거는 몸을 떤다. 밤인 듯하다.

시간을 통과해 오는 건 힘겨웠다. 타임머신 안의 걸쭉한 액체마저도 글로거를 완전히 보호해주지는 못했다. 물론 그 액체 덕분에 목숨을 부지한 건 의심할 여지가 없다. 하지만 아마도 갈비뼈 몇 대는 부러진 듯하다.

이런 생각과 함께 고통이 온몸을 쑤시지만, 글로거는 자신이 팔다리를 곧게 펼 수 있다는 사실을 깨닫는다.

글로거는 미끄러운 표면 위를 기어 갈라진 틈 쪽으로 다가간다. 헐떡거리며 쉬었다가 다시 움직인다.

글로거는 정신을 잃고, 다시 정신이 들었을 때는 아까보다 공기가 따뜻하다. 갈라진 틈을 통해 거센 햇빛이 보이고, 하늘은 달궈진 강철처럼 가물거린다. 강렬한 햇빛에 눈이 부신 글로거는 두 눈을 감고 틈 사이로 몸을 반쯤 빼내다가 다시

의식을 잃는다.

1949년 크리스마스 시즌.
 칼 글로거는 아홉 살이고, 아버지가 오스트리아에서 영국으로 이주하고 2년 뒤에 태어났다.
 학교 운동장의 회색 자갈밭에서 아이들이 깔깔거리며 소리를 질렀다. 아이들은 놀이를 하고 있었다. 운동장 가장자리에는 더러운 얼음 더미들이 아직까지 약간 남아 있었다. 담장 너머로는 더러운 사우스런던 건물들이 차가운 겨울 하늘을 배경으로 시커멓게 서 있었다.
 그 놀이는 꽤 진지하게 시작되었고, 칼은 자신이 그 역을 맡겠다고 다소 열을 내며 자원했다. 처음에 칼은 아이들의 주목을 받는 걸 즐겼지만, 이제는 울고 있었다.
 "내려줘! 제발, 머빈, 그만해!"
 아이들은 놀이터의 그물 벽에 칼을 큰대자로 묶어놓았다. 그물 벽은 칼의 무게 때문에 밖으로 불룩했고, 기둥 하나는 금방이라도 쓰러질 것만 같았다. 칼은 두 발을 빼내려 애썼다.
 "내려줘!"
 이 놀이를 처음 제안한 아이는 얼굴이 붉은 머빈 윌리엄스였는데, 머빈은 이제 그물에 묶인 칼이 앞뒤로 흔들리도록 기등을 마구 흔들어댔다.
"그만해! 누가 저 좀 도와주세요!"
아이들이 다시 까르르 웃었고, 자기 비명이 아이들을 흥분시킬 뿐이라는 사실을 깨달은 칼은 이를 앙다물었다. 눈물이 뺨을 타고 흘러내렸으며 온몸이 당혹감과 배신감으로 가득했다. 칼은 눈앞의 아이들 모두가 친구라고 여겨왔다. 칼이 숙제를 도와준 애들도 있었고, 과자를 사준 애들도 있었으며, 힘들어할 때 위로해준 애들도 있었다. 칼은 아이들이 자기를 좋아한다고, 같이 있고 싶어 한다고 여겨왔다. 그런데 왜 갑자기 이렇게 변한 걸까? 심지어 칼에게 자기 비밀을 털어놓았던 몰리마저?
"제발!" 칼이 외쳤다. "이런 건 원래 놀이에 없었잖아!"
"이젠 있어!" 머빈 윌리엄스가 킬킬거렸다. 머빈 윌리엄스의 두 눈은 번들거렸고, 기둥을 더 힘껏 흔들자 얼굴이 더 붉어졌다.
잠시 칼은 기둥이 흔들려도 아무런 반응을 보이지 않더니, 본능적으로, 고개를 푹 숙이고 의식을 잃은 척했다. 이 방법은 어머니에게서 배운 것으로, 예전에도 어머니를 겁주기 위해 이렇게 한 적이 많았다.
아이들이 칼을 묶느라 쓴 교복 넥타이가 손목을 파고들었다. 아이들 목소리가 작아졌다.

"괜찮은 걸까?" 몰리 터너가 속삭였다. "죽은 건 아니겠지……?"

"바보같이 굴지 마." 확신 없는 목소리로 윌리엄스가 대답했다. "쟨 그냥 뻥치는 거야."

"어쨌든 내려주는 게 좋겠다." 이언 톰슨의 목소리였다. "안 그러면 나중에 선생님한테 엄청나게……."

칼은 자기를 풀어주기 위해 매듭을 더듬거리는 아이들 손길을 느꼈다.

"매듭이 도무지 풀리지가 않……."

"자, 내 주머니칼을 써. 이걸로 잘라……."

"안 돼. 이건 내 넥타이야. 아버지가 아시면……."

"서둘러, 브라이언!"

칼은 넥타이 하나에 매달린 채 눈을 꼭 감고 일부러 몸을 축 늘어뜨리고 있었다.

"줘봐. 내가 자를래!"

마침내 넥타이가 풀리고, 칼은 무릎부터 떨어지며 자갈에 무릎을 쓸고, 얼굴을 천천히 땅으로 떨구었다.

"어떡해, 얘 진짜로……."

"멍청하게 좀 굴지 마. 아직 숨을 쉬잖아. 그냥 기절한 거야."

칼은 은연중에 자신이 진짜로 기절했다고 믿었고, 그 때문에 아이들이 걱정하는 목소리가 저기 멀리서 들리는 듯했다.

윌리엄스가 칼을 흔들었다.

"정신 차려, 칼. 장난 그만 치란 말이야."

"맷슨 선생님을 불러올게." 몰리 터너가 말했다.

"안 돼. 그러지……"

"어쨌든, 이 놀이는 비열해."

"돌아와, 몰리!"

칼의 주의는 이제 얼굴 왼쪽을 찔러대는 즈약돌 조각에 쏠려 있었다. 두 눈을 꼭 감고 자기 몸을 흔드는 아이들 손을 무시하는 건 쉬웠다. 칼은 점차 시간 감각을 잃었고, 그때 아이들이 재잘대는 소리 위로 맷슨 선생님의 언제나처럼 빈정대는 기운이 서린, 낮고 침착한 목소리가 들렸다. 주위가 조용해졌다.

"지금 대체 뭐 하는 거니, 윌리엄스?"

"아무것도 아니에요, 선생님. 그냥 놀이였어요. 사실 일부는 칼의 생각이었어요."

두툼하고 힘센 손이 칼의 몸을 뒤집었다. 칼은 여전히 눈을 꼭 감고 있었다.

"놀이였어요, 선생님." 이언 톰슨이 말했다. "예수님 놀이요. 칼이 예수님이고요. 전에도 이렇게 하고 놀았어요, 선생님. 저희가 칼을 울타리에 묶었어요. 칼이 그러자고 했어요,

선생님."

"좀 터무니없구나." 맷슨 선생님이 중얼거리더니 한숨을 쉬며 칼의 이마를 만져봤다.

"그냥 놀이였을 뿐이에요, 선생님." 머빈 윌리엄스가 다시 말했다.

맷슨 선생님은 칼의 맥을 짚어봤다. "알고 있는 게 좋겠구나, 윌리엄스. 글로거는 몸이 약해."

"죄송해요, 선생님."

"정말로 멍청한 짓이었다."

"죄송해요, 선생님." 윌리엄스는 이제 울음을 터뜨리기 직전이었다.

"글로거를 간호사에게 데려가야겠다. 무슨 심각한 문제는 없었으면 좋겠구나, 윌리엄스. 너를 위해서 말이다. 방과 후에 교무실로 오거라."

칼은 맷슨 선생님이 자기를 들어 올리는 것을 느꼈다.

만족스러웠다.

누군가 글로거를 옮겼다.

글로거는 머리와 옆구리가 너무나 아파 토할 것만 같았다. 타임머신을 타고 도착한 지역이 어디인지 확인할 겨를은 없었지만, 오른쪽으로 고개를 돌리고 눈을 떠보니 더러운 양가죽 조끼를 입고 무명 허리감개를 한 남자가 보였고, 그 차림새로 보아 자신이 중동에 온 게 거의 확실하다고 생각했다.

글로거는 서기 29년, 베들레헴 근처, 예루살렘 너머의 황야에 도착할 예정이었다. 그는 자기가 지금 예루살렘으로 가고 있는지 궁금했다.

자신을 실은 들것이 별다른 가공을 거치지 않은 거친 동물 가죽인 것으로 미루어 짐작건대, 과거로 온 것은 확실했다. 하지만 아닐 수도 있다는 생각이 들었다. 글로거는 중동 지역의 작은 부족들과 꽤 오랜 시간을 함께했고, 그 과정에서 어떤 부족들은 무함마드 시대 이후 사는 방식이 거의 변하지 않았다는 사실을 알았기 때문이다. 글로거는 자기가 공연히 갈비뼈만 부러뜨린 게 아니길 빌었다.

사내 두 명이 어깨에 들것을 멨고, 다른 사람들은 글로거의 옆에서 걸었다. 모두 수염을 길렀으며, 피부는 검었고, 샌들을 신고 있었다. 대부분은 지팡이를 가지고 있었다. 땀 냄새와 동물 기름 냄새, 뭔지 알 수 없는 곰팡내가 났다. 사람들은 저 멀리 일렬로 보이는 구릉지대를 향해 걸어갔으며 글로거가 정신이 든 것을 알아차리지 못했다.

이제 햇빛은 글로거가 타임머신에서 처음 기어 나왔을 때처럼 강하지 않았다. 저녁인 듯했다. 주변은 바위가 많은 불모지였고, 앞의 언덕들조차 회색으로 보였다.
 들것이 흔들리자 옆구리가 지독하게 아파왔고, 그 때문에 글로거는 몸을 움찔하며 신음을 냈다. 그는 다시 기절했다.

하늘에 계신 우리 아버지…….
 대부분의 학교 친구들과 마찬가지로, 칼은 기독교에 대해 말뿐인 교육을 받으며 자랐다. 학교에서는 아침마다 기도를 했다. 저녁에는 두 가지 기도를 했다. 하나는 주기도문이었고, 다른 하나는 '하느님, 아빠에게 축복을 내려주세요. 하느님, 엄마에게 축복을 내려주세요. 하느님, 제 누이와 형제와 제 주위 모든 사람들에게, 그리고 저에게 축복을 내려주세요, 아멘'이라는 기도문이었다. 칼의 어머니가 일을 하러 나간 동안 칼을 돌봐주던 여인이 가르쳐준 기도문이었다. 칼은 이 기도문에 '고맙습니다' 목록('좋은 날씨를 주셔서 고맙습니다, 역사 수업 시간에 질문에 제대로 답을 할 수 있게 해주셔서 고맙습니다……') 그리고 '죄송합니다' 목록('몰리 터너에게 못되게 굴어 죄송합니다, 맷슨 선생님 말씀을 잘 듣지 않아 죄송합니다')을 덧붙였다. 칼은 열일곱 살이 되어서야 이런 기도문 외우는 것을 그만뒀는데, 그 버릇이 없어진 건 어서 빨리 자위를 하고 싶어 하던 칼의 조바심 때문이었다.

하늘에 계신 우리 아버지…….

아버지에 대한 마지막 기억은 칼이 네 살인가 다섯 살 때 해변에서 보낸 휴일에 관한 것이었다. 전쟁 중이었고, 기차는 군인들로 붐볐으며, 여러 번 멈춰 서면서 많은 사람들을 태우고 내렸다. 칼은 다른 플랫폼으로 가기 위해 선로를 건넌 일을, 그리고 햇빛 속에서 다른 선로로 이동하던 화물칸들에 무엇이 실려 있는지에 대해 아버지에게 몇 가지 질문을 했던 기억이 났다. 뭔가 농담을 한 거 같았는데. 기린에 대한 거였나?

  칼의 기억 속에서 아버지는 키가 크고 육중했고, 목소리는 상냥하지만 약간 슬픈 듯한 느낌이 들었으며, 눈빛에는 우울함이 배어 있었다.

  이제 칼은 당시 아버지와 어머니가 헤어지는 과정에 있었으며, 그때가 어머니가 아버지와 함께 보내기로 한 마지막 휴일이었다는 것을 알았다. 그게 데번이었나 콘월이었나? 칼의 기억 속에 남은 절벽, 바위, 해변 따위 풍경은 나중에 텔레비전에서 보았던 서부 지방의 풍경과 상당히 비슷했다.

  칼은 고양이가 잔뜩 있고 부서진 포드 자동차가 잡초로 뒤덮인 과수원에서 놀았다. 칼이 머무른 농가 역시 고양이들로 붐볐다. 의자며 탁자며 조리대에는 고양이가 바닷물처럼 뒤

덮여 있었다.

 해변에는 철조망이 쳐져 있었지만, 칼은 그 철조망이 전망을 망친다는 사실을 깨닫지 못했다. 바람과 바닷물은 사암을 깎아 다리와 조각들을 만들었다. 물이 흘러나오는 신비한 동굴들도 있었다.

 칼이 기억하는 거의 가장 어린, 그리고 확실히 가장 행복한 어린 시절이었다.

 그 뒤로 칼은 아버지를 다시는 보지 못했다.

하느님, 엄마에게 축복을 내려주세요. 하느님, 아빠에게 축복을 내려주세요…….

 멍청한 내용이었다. 칼에게는 아버지도, 형제도 누이도 없었다.

 이 기도문을 가르쳐준 나이 든 여인은 칼의 아버지가 어딘가에 있으며, 모든 사람에게는 형제자매가 있다고 설명했다.

 칼은 그 설명을 믿었다.

외로워. 글로거가 생각했다. 난 외로워. 정신을 차린 글로거는 지금 공습이 있으며, 자신이 붉은 강철판과 옆면이 격자무

늬 철망으로 된 실내 방공호에 있다고 잠시 생각했다. 글로거는 방공호의 안전함을 사랑했다. 그곳에 들어가 있는 건 즐거웠다.

하지만 글로거의 귀에 들리는 목소리들은 외국어를 말하고 있었다. 아주 어두운 걸로 미루어보아 아마도 밤인 듯했다. 사람들은 더는 움직이지 않았다. 글로거는 몸이 뜨거웠다. 몸 아래 짚이 깔려 있었다. 짚을 만져보았고, 이유는 알 수 없었지만 안심이 되었다. 글로거는 잠을 잤다.

비명. 긴장.

위층에서 칼의 어머니가 조지 씨를 향해 소리 지르고 있었다. 조지 씨와 그의 아내는 집의 안쪽 방 두 개에 세 들어 살았다.

칼은 위층에 있는 어머니를 향해 소리쳤다.

"엄마! 엄마!"

어머니가 신경질 섞인 목소리로 말했다. "왜?"

"엄마, 보고 싶어요!"

칼은 어머니가 그만했으면 싶었다.

"왜 그러니, 칼? 조지, 당신 때문에 아이가 깼어요!"

어머니가 칼의 머리 위쪽 계단참에서 모습을 드러냈고, 실내복을 추스르며 난간에 위태할 정도로 몸을 기댔다.

"엄마, 왜 그래요?"

어머니는 어찌 할까 망설이는 것처럼 잠시 멈칫하더니, 이윽고 계단에서 천천히 쓰러졌다. 이제 어머니는 계단 아래, 올이 드러난 카펫 위에 누워 있었다. 칼은 흐느끼며 어머니의 어깨를 안았지만 칼이 들어 올리기에 어머니는 너무나 무거웠다. 칼은 공황 상태에 빠졌다. "엄마!"

조지 씨가 무겁게 계단을 내려오더니 단념한 듯한 표정을 짓고 말했다. "이런 젠장, 그레타!"

칼이 조지 씨를 노려보았다.

조지 씨가 칼을 쏘아보더니 고개를 설레설레 저었다. "엄마는 괜찮을 거다. 어이, 그레타, 정신 차려요!"

칼은 조지 씨와 어머니 사이에 서 있었다. 조지 씨는 어깨를 으쓱해 보이더니 칼을 한쪽으로 밀치고, 몸을 숙여 어머니의 팔을 끌어당겼다. 어머니의 길고 검은 머리가 아름답고 괴로워하는 얼굴을 덮었다. 칼의 어머니는 눈을 떴고, 심지어 칼조차도 어머니가 이렇게 금방 깨어나 놀랐다.

"여기가 어딘가요?" 어머니가 말했다.

"일어나요, 그레타. 괜찮을 거예요."

조지 씨는 어머니를 데리고 계단을 올라가기 시작했다.

"칼은요?" 어머니가 말했다.

"칼 걱정은 하지 말아요."

둘은 계단을 올라 사라졌다.

집은 다시 조용해졌다. 칼은 부엌으로 갔다. 다리미판에 다리미가 세워져 있었다. 스토브에서는 뭔가 음식이 끓고 있었다. 맛있는 냄새는 아니었다. 조지 부인이 뭔가를 요리하는 모양이었다.

칼은 누군가 계단을 내려오는 소리를 듣고 부엌을 가로질러 마당으로 뛰어나갔다.

칼은 울고 있었다. 칼은 일곱 살이었다.

2

그 무렵에 세례자 요한이 나타나 유다 광야에서 "회개하여라. 하늘 나라가 다가왔다!" 하고 선포하였다. 이 사람을 두고 예언자 이사야는 이렇게 말하였다. "광야에서 외치는 이의 소리가 들린다. '너희는 주의 길을 닦고 그의 길을 고르게 하여라.'" 요한은 낙타털 옷을 입고 허리에 가죽띠를 두르고 메뚜기와 들꿀을 먹으며 살았다. 그때에 예루살렘을 비롯하여 유다 각 지방과 요르단 강 부근의 사람들이 다 요르단 강으로 요한을 찾아가서 자기 죄를 고백하며 세례를 받았다.

〈마태오 복음〉 3장 1-6절

그들은 글로거를 씻기고 있었다.

글로거는 차가운 물이 몸을 타고 흘러내리는 것을 느끼고 놀라 헐떡였다. 그들은 글로거가 입은 보호복을 벗겼고, 이제 그의 갈비뼈는 두터운 양가죽이 감싸고 있었다.

고통은 줄었지만 글로거는 온몸에 힘이 없었고 열이 났다. 타임머신에 타기 전 몇 주 동안 있었던 정신적 혼란, 시간 여행, 그리고 열 때문에 지금 무슨 일이 벌어지는지 이해하기가 어려웠다. 오랫동안 모든 일이 마치 꿈만 같았다. 그는 타임머신이 존재한다는 사실을 아직도 믿을 수 없었다. 어쩌면 그냥 약물에 취해 있는 건 아닐까? 사춘기와 어른이 되어 살아온 시간 대부분 동안 거의 본능적으로 건강을 유지해오긴 했지만, 원래부터 글로거는 현실에 발붙이고 사는 일을 그리 잘하지 못했다. 하지만 몸 위로 쏟아지는 물, 몸통을 감싼 양가죽, 몸 밑에 깔린 짚은 그가 어린 시절 이후로 알아왔던 그 어떤 것보다도 더 뚜렷하게 현실로 다가왔다.

글로거는 건물 안에 있었다. 어쩌면 동굴일지도 몰랐다. 너무 어둑어둑해 확실히 알 수 없었다. 짚은 물에 젖어 축축했다.

샌들을 신고 허리감개를 한 남자 두 명이 질그릇에 담긴 물을 글로거에게 쏟았다. 한 명은 기다란 무명천을 어깨에 걸치고 있었다. 둘 다 피부가 가무잡잡했는데 커다란 검은 눈에 수염으로 뒤덮인 얼굴이 셈족인 듯했다. 얼굴에는 아무 표정이 없었다. 글로거가 고개를 들고 둘을 바라보았을 때조차 잠깐 멈칫했을 뿐이었다. 잠시 둘은 글로거를 응시하더니 물항아리를 털이 북슬북슬한 가슴에 품었다.

글로거는 고대 아람어를 읽는 것은 잘했지만 의사소통을 할 수 있을 정도로 말을 잘하는지는 확신이 들지 않았다. 우선 영어로 먼저 말해보기로 했다. 시간을 거슬러 온 게 아니라면 현대 이스라엘인이나 아랍인에게 고대어로 말하는 것은 우스꽝스러워 보였기 때문이다.

글로거가 힘없이 말했다. "영어를 할 줄 아십니까?"

둘 가운데 한 명이 얼굴을 찡그렸고, 무명천을 어깨에 걸치고 있는 다른 한 명은 싱긋 웃더니 동료에게 몇 마디 말을 하고 껄껄거렸다. 그 말에 다른 한 명이 날카로운 어조로 대답했다.

글로거는 단어 몇 개를 알아들은 것 같다는 생각에 혼자 씩 웃었다. 둘이 쓰는 언어는 고대 아람어였다. 확실했다. 글로거는 이 둘이 알아들을 수 있게 자신이 고대 아람어로 말할 수 있을지 궁금했다.

글로거는 목청을 가다듬었다. 혀로 입술을 축였다. "여기가, 어디, 입니까?" 글로거가 탁한 목소리로 물었다.

그 말에 둘은 얼굴을 찡그렸고, 고개를 설레설레 흔들더니 물항아리를 바닥에 내려놓았다.

온몸에 힘이 쭉 빠지는 느낌이 들며 글로거가 다급하게 말했다. "저는, 나사렛 사람, 예수를, 찾고 있습니다……."

"나사렛 사람. 예수." 두 명 가운데 키가 큰 쪽이 이 단어들을 되풀이해 말했지만 그자에게 무슨 의미가 있어서 그런 것 같지는 않았다. 그는 어깨를 으쓱해 보였다.

하지만 다른 한 명은 '나사렛 사람'이라는 단어가 자기에게 특별한 의미가 있다는 듯이 그 단어만을 아주 천천히 되풀이해 말했다. 그는 다른 한 명에게 몇 마디 말을 웅얼거리더니 글로거의 시야에서 사라졌다.

글로거는 일어나 앉으려 애쓰면서, 혼란스러운 표정으로 자신을 바라보고 있는 사내에게 손짓을 했다.

글로거가 천천히 말했다. "로마 황제가, 즉위한 지, 몇 년이나, 되었습니까?"

묻기 까다로운 질문이었다. 그리스도는 티베리우스 즉위 15년에 십자가형을 당했고, 이 질문을 한 이유도 바로 그것 때문이었다. 글로거는 좀 더 정확히 묻기로 했다.

"티베리우스가 통치한 지, 몇 년이나 되었습니까?"

"티베리우스?" 사내가 얼굴을 찡그렸다.

이제 글로거는 사내의 억양에 익숙해졌고, 그래서 그 억양을 따라 말하려 애썼다. "티베리우스. 로마 황제 말입니다. 티베리우스가 통치한 지 몇 년이나 되었습니까?"

"몇 년?" 사내가 고개를 저었다. "모르겠소."

적어도 상대방이 알아듣게는 말했어. 글로거가 생각했다. 결국, 지난 6개월 동안 대영박물관에서 아람어를 공부한 보람이 있었다. 상대가 하는 말은 자신이 아는 것과 달랐고(아마도 2천 년 전이라 그런 듯했다) 히브리어와 밀접한 관련이 있었지만, 글로거는 상대와 놀랄 정도로 쉽게 의사소통을 할 수 있었다. 글로거는 이 언어를 배울 당시 평소 자신이 겪던 그 어떤 어려움도 겪지 않아 무척 이상하게 여겼던 기억이 났다. 짓궂은 친구 한둘은 그게 글로거의 종족 기억이 도와준 덕분이라는 식으로 놀려댔다. 당시 글로거는 그 설명이 꽤 그럴듯하다고 생각했다.

"여기는 어디입니까?" 글로거가 물었다.

사내는 놀란 표정이었다. "황야요." 사내가 말했다. "마케루스 너머의 황야. 몰랐단 말이오?"

성서에 나오는 마케루스는 예루살렘 남동쪽, 사해 건너편에 있는 커다란 도시였다. 산 측면에 자리한, 헤롯의 명에 따라 튼튼한 성벽으로 둘린 곳이었다. 다시 한 번, 글로거는 기운이 났다. 20세기라면 마케루스를 기준점으로 삼는 것은 고사하고 그 이름을 아는 사람조차 몇 명 없을 터였다.

글로거와 대화를 나눈 상대가 무식하고 티베리우스가 누구인지 모르기는 하지만, 글로거가 과거로 왔으며 그 시기가 티베리우스 통치 시대라는 점에는 의심의 여지가 없었다.

하지만 그리스도가 십자가형을 받던 때를 지나친 건 아닐까? 잘못된 시간대에 도착한 건 아닐까?

만약 그렇다면 이제 무엇을 해야 한단 말인가? 타임머신은 부서졌으며, 아마 고칠 수 없는 상태일 터였다.

글로거는 짚 더미 위에 무너지듯 몸을 누이고 눈을 감았다. 곧 익숙한 우울감이 다시 그의 온몸을 채웠다.

칼이 처음으로 자살을 시도한 건 열다섯 살 때였다. 그는 학교 로커 룸의 벽 중간쯤에 걸린 고리에 줄을 묶었다. 그리고 올가미를 목에 걸고 벤치에서 뛰어내렸다.

벽에서 고리가 뜯겨 나왔고, 횟가루가 우수수 떨어졌다. 그날 하루 종일, 칼은 목이 아팠다.

좀 전에 나갔던 남자가 이제 다른 누군가와 함께 돌아오고 있었다.

돌을 밟는 샌들 소리가 글로거에게는 아주 크게 들렸다.

글로거는 새로 온 이를 쳐다보았다.

그는 거인이었으며, 어둠 속의 고양이처럼 움직였다. 커다란 갈색 눈이 사물을 꿰뚫어 볼 듯 강렬했다. 살갗은 햇빛에 그을려 가무잡잡했고, 털 많은 두 팔에는 근육이 울룩불룩했다. 두툼하고 커다란 가슴부터 허벅지까지는 염소가죽이 덮여 있었다. 오른손에는 두툼한 지팡이를 들고 있었다. 검고 곱슬곱슬한 머리털이 흘러내려 얼굴을 슬쩍 가렸고, 가슴께까지 자란 무성한 턱수염 안으로는 붉은 입술이 보였다.

그는 피곤해 보였다.

그가 지팡이에 기대 생각에 잠긴 표정으로 글로거를 보았다.

글로거도 물끄러미 그를 바라보았고, 상대의 무시무시하리만큼 건장한 체격에 놀랐다.

새로 온 이가 말했을 때 그 목소리는 아주 굵었지만 너무 말이 빨라 글로거는 알아들을 수가 없었다. 글로거가 고개를 저었다.

"좀 더, 천천히, 말해주세요……." 글로거가 말했다.

거인이 글로거 옆에 쪼그리고 앉았다.

"당신은 뉘시오?"

글로거는 망설였다. 진실을 말할 수 없는 건 당연했다. 사실, 그럴듯하게 들릴 만한 내용은 이미 정해두었지만, 자신이 이런 식으로 발견되리라고는 예상하지 못했고, 그래서 원래 준비한 이야기도 써먹을 수 없었다. 글로거는 자신이 도착하는 모습을 아무도 보지 않기를 바랐으며, 시리아에서 온 여행자라고 할 작정이었다. 자신이 이곳 언어에 익숙하지 못한 것에 대한 변명거리가 되리라는 기대에서였다.

"어디서 오셨소?" 거인이 참을성 있게 물었다.

글로거는 조심스레 대답했다.

"북쪽에서 왔습니다."

"북쪽이라, 이집트가 아니오?" 사내는 뭔가를 바라는 눈빛으로, 거의 기대에 부푼 눈빛으로 글로거를 바라보았다. 글로거는 만약 자신의 억양이 이집트에서 온 것처럼 들린다면 그 사내의 의견에 동조하기로 마음먹었다. 그리고 앞으로 뭔가 복잡한 일이 생기지 않도록 하기 위해 살짝 윤색을 했다.

"이집트를 떠난 지 2년이 되었습니다." 글로거가 말했다.

거인은 만족한 듯한 표정으로 고개를 끄덕였다. "이집트에서 오셨구먼. 그럴 거라고 생각했소이다. 그리고 묘한 복장하며 영혼이 끄는 강철 전차를 보아하니 당신은 마법사겠구려. 좋소. 당신은 이름이 예수고 나사렛 사람이라고 들었소."

이 남자는 글로거가 한 질문을 자기 이름을 말한 것으로 잘못 전해 들은 게 분명했다. 글로거는 싱긋 웃으며 고개를 저었다.

"저는 나사렛 사람인 예수를 찾고 있습니다." 글로거가 말했다.

상대는 실망한 듯했다. "그럼 당신 이름은 무어요?"

글로거는 이 역시 생각해둔 게 있었다. 글로거는 이 시대의 사람들에게 자신의 본명이 너무나 이국적으로 들릴 것임을 알았고, 그래서 아버지의 이름을 쓰기로 정해두었다.

"제 이름은 임마누엘입니다." 글로거가 거인에게 말했다.

"임마누엘……." 사내는 만족한 듯한 표정으로 고개를 끄덕였다. 사내는 새끼손가락 끝으로 입술을 문지르며 생각에 잠긴 듯 땅을 물끄러미 바라보았다. "임마누엘…… 맞아……."

글로거는 혼란스러웠다. 글로거가 보기에, 거인은 글로거를 자신이 생각하는 다른 누군가와 혼동한 것 같았다. 글로거의 대답에 만족한 듯한 것 역시 거인이 글로거를 자신이 기다리던 다른 누군가로 여기는 증거였다. 글로거는 이런 상황에서 자신이 댄 이름이 과연 올바른 선택이었는지 의문이었다. 왜냐하면 히브리어로 임마누엘이란 '신이 우리와 함께 있도다'라는 뜻이며, 질문한 자에게는 의미심장한 뜻으로 다가올 게 거의 확실했기 때문이다.

글로거는 불편한 느낌이 들기 시작했다. 자신을 위해 입증해야 할 것들이 있었고, 해야 할 질문들이 있었으며, 지금 자신의 처지가 맘에 들지 않았다. 몸 상태가 나아질 때까지는 이곳을 떠날 수 없었고, 자신에게 질문을 던지는 상대를 화나게 해서도 안 되었다. 글로거는 생각했다. 최소한 이 사람들은 적대적이지는 않으니 다행이지. 하지만 이들이 글로거에게 기대하는 게 과연 무엇이란 말인가?

"당신은 자기 일에 집중해야 해요, 글로거."
 "자넨 너무 몽상에 잠겨 있어, 글로거. 자네 생각은 늘 구름 위를 떠다녀. 이제······."
 "방과 후에 남거라, 글로거······."
 "왜 도망치려 했지, 글로거? 왜 여기서는 행복하지 않은 거야?"
 "정말로, 당신이 양보를 해야 합니다. 그래야만 우리가 계속······."
 "이걸 꼭 물어봐야겠구나. 네 어머니가 널 학교에서 제적시키······."
 "노력을 했을 수도 있지. 하지만 더 열심히 노력해야 한다. 네가 처음 이곳에 왔을 때 나는 네게 큰 기대를 했단다, 글로거. 지난 학기에는 아주 훌륭하게 했는데 지금은······."
 "이곳에 오기 전까지 몇 번이나 전학을 했니? 맙소사!"
 "내 생각에 너는 꼬드김에 빠져 이렇게 된 거라고 본다, 글로거. 그러니 이번에는 그리 심하게······."

"울상 짓지 마라, 애야. 넌 할 수 있어."

"내 말 잘 들어, 글로거. 제발 집중 좀 하렴……."

"자넨 머리가 좋아, 젊은이. 하지만 그걸 쓸 줄 모르는 듯하군……."

"미안하다고? 미안한 걸로는 충분하지 않아. 집중해 들어야 한다고……."

"다음에는 좀 더 열심히 노력하길 기대한다."

"당신의 이름은 뭡니까?" 글로거가 쪼그려 앉은 사내에게 물었다.

사내는 몸을 펴더니 생각에 잠긴 표정으로 글로거를 내려다보았다.

"날 모르시오?"

글로거가 고개를 저었다.

"세례자 요한이라고 못 들어보셨소?"

글로거는 놀람을 감추려 애썼지만, 세례자 요한은 글로거가 그 이름을 들어봤음을 눈치챘다. 세례자 요한은 덥수룩한 머리를 끄덕였다.

"표정을 보아하니 날 아는구려."

글로거에게 안도감이 밀려왔다. 신약 성서에 따르면, 세례자 요한은 그리스도가 십자가에 매달리기 전에 사형당했다. 하지만 다른 사람도 아니고 세례자 요한이 나사렛의 예수를 들어보지 못했다니 이상했다. 그렇다면 그리스도는 실존하지 않은 인물이라는 뜻인가?

　세례자 요한은 손가락으로 수염을 빗었다. "자, 마법사, 이제 나는 결정을 해야만 한다오."

　글로거는 자기 생각에 집중을 하며 멍한 표정으로 세례자 요한을 보았다. "결정이라니, 뭘 말입니까?"

　"당신이 예언서의 친구인지 아니면 아도나이께서 경고한 가짜 예언자인지를 말이오."

　글로거는 초조해졌다. "저는 아무런 주장도 하지 않았습니다. 저는 그냥 이방인이자 여행자일 뿐입니다……."

　세례자 요한이 껄껄거렸다. "그렇소, 마법의 전차를 타고 다니는 여행자지. 내 형제들이 말하길, 당신이 도착하는 모습을 봤다고 하더이다. 천둥 같은 소리가 났고 번개가 치듯 번쩍였다고 하더군. 그러더니 갑자기 당신 전차가 나타나 황야를 뒹굴었다고 했소. 내 형제들은 수많은 기적을 보았지만 당신의 전차가 나타나는 것처럼 놀라운 건 본 적이 없소."

　"그 전차는 마법이 아닙니다." 글로거는 황급히 말을 했지만 자신의 설명을 세례자 요한이 이해하지 못하리라는 사실을 깨달았다. "그건, 그러니까 엔진의 일종인데, 로마인들도

가지고 있는 물건입니다. 아마 들어보셨을 겁니다. 마법사가 아닌 평범한 사람이 만든 것으로…….″

세례자 요한이 천천히 고개를 끄덕였다. "아, 로마인들. 로마인들은 나를 적의 손에 넘겨줄 거요. 헤롯의 아이들에게."

비록 글로거는 이 시대의 정치 상황에 대해 무척 잘 알았지만 그래도 질문을 했다. "왜입니까?"

"왜 그런지는 당신도 알 거요. 나는 유대를 점령한 로마인들에 반대하는 말을 하오. 헤롯이 저지른 못된 짓들을 비난하오. 또한 때가 되면 그릇된 자들이 모두 멸하고 옛 예언자들이 말했듯이 지상에 아도나이의 왕국이 다시 설 것이라고 말하오. 나는 사람들에게 말한다오. '당신들이 아도나이의 뜻에 따라 칼을 쥘 그날을 준비하시오.' 그릇된 자들은 그날이 오면 자신들이 파멸할 것을 알고, 그래서 나를 없애려 하는 것이오."

요한의 입 밖으로 나오는 단어들은 격렬했지만 목소리에는 전혀 흥분하는 기색이 없었다. 말을 하는 요한의 얼굴과 태도에는 광기, 하다못해 열광하는 기운 같은 것도 보이지 않았다. 그런 모습을 보고 있자니, 비슷한 내용을 설교했던 성공회 교구 목사가 떠올랐지만 글로거에게 그 설교는 와 닿지 않은 지 오래였다.

"당신은 사람들을 로마에서 해방시켜주겠다고 선동하는 거군요?" 글로거가 물었다.

"그렇소. 로마와 그 앞잡이 헤롯에게서."

"그럼 그 자리를 누가 대신합니까?"

"유대의 적법한 왕."

"그게 누구입니까?"

요한은 인상을 쓰더니 독특한 곁눈질로 글로거를 보았다. "아도나이께서 알려주실 거요. 적법한 왕이 나타나면 우리에게 신호를 보내실 거요."

"그 신호가 뭔지 아십니까?"

"그 신호가 오면 알게 될 거요."

"그러면 예언이 있습니까?"

"그렇소. 예언이 있소······."

이 혁명 계획을 아도나이(야훼의 또 다른 호칭이며 주님을 뜻했다)의 뜻으로 돌리는 것은 글로거가 보기에 단지 무게감을 더하기 위한 수단으로 보였다. 정치와 종교가 서로 밀접히 관련된 세계에서는, 심지어 서양에서도 혁명 계획에 초자연적인 근원을 부여할 필요가 있었다.

글로거가 생각했다. 사실, 요한은 자기 계획이 진짜로 하느님으로부터 영감을 받은 것이라고 믿고 있을 가능성이 커. 지중해 저쪽의 그리스에서는 영감의 근원이 신인지 인간인지에 대해 아직도 논쟁 중이잖아.

글로거는 요한이 자신을 이집트 마법사로 여기는 것도 특별히 놀랍지 않았다. 그가 도착한 상황은 극히 신비로워 보였을 게 분명했으며, 동시에 받아들일 법한 일이었을 터였다. 그리고 자신의 믿음에 대한 확인을 위해 그러한 일을 열렬히 기대하는 사람들에게는 더욱더 그러할 터였다.

요한이 입구 쪽으로 몸을 돌리며 말했다. "나는 명상을 해야 하오. 기도를 해야 하지. 아도나이께서 내게 계시를 내려 주실 때까지 당신은 이곳에 남아 있으시오."

요한은 큰 걸음으로 걸어 나갔다.

글로거는 젖은 짚 위에 무너지듯 누웠다. 그의 모습이 요한의 믿음과 얽혀 있는 모양이었다. 아니, 적어도 세례자 요한은 글로거의 모습과 자신의 믿음을, 그리고 그의 도착을 성서의 예언과 일치시키려 노력하고 있었다. 글로거는 어찌할 바를 몰랐다. 세례자 요한이 그를 어떻게 이용할 것인가? 결국 글로거를 사악한 존재라 결정 내리고 죽일까? 아니면 성서가 말한 예언자라고 결론짓고 그에게 능력 밖의 예언을 하라고 요구할까?

글로거는 한숨을 쉬고 힘없이 손을 뻗어 벽을 만져보았다.

석회석이었다. 글로거는 석회석 동굴에 있었다. 동굴에 있다는 건 요한과 그의 동료들이 아마도 숨어 있음을, 이미 로마와 헤롯의 군사들에게 쫓기고 있음을 뜻했다. 이는 군인들이 요한의 은신처를 발견할 경우 글로거 또한 목숨이 왔다갔다하는 상황에 빠지게 됨을 뜻했다.

동굴의 공기는 놀랄 만큼 눅눅했다.

밖은 아주 더운 게 분명했다.

글로거는 졸렸다.

여름 캠프, 와이트 섬, 1950년.

칼이 그곳에 있던 첫날 밤, 뜨거운 차가 담긴 주전자가 그의 오른쪽 허벅지로 엎어졌다. 끔찍한 고통과 함께 곧바로 물집이 잡혔다.

"좀 사내답게 굴어, 칼! 사내답게 굴라고!" 얼굴이 붉은 패트릭 씨가 말했다. 그는 캠프 책임자였다.

누군가 칼의 상처에 솜을 대고 서투른 솜씨로 반창고를 붙여주었고, 그동안 그는 비명을 지르지 않으려 애썼다.

칼의 침낭은 개미탑 바로 옆에 있었다. 그는 다른 아이들이 노는 동안 그 안에 들어가 누워 있었다.

이튿날 패트릭 씨는 아이들에게 말하길, 부모님들이 자기에게 맡겨놓은 각자의 용돈을 '획득'해야만 한다고 했다.

"누가 배짱이 두둑하고 누가 겁쟁이인지 알게 될 거다." 패트릭 씨가 텐트들이 모여 있는 곳 주위의 빈터에 서서 공중에 회초리를 휘두르며 말했다. 아이들이 길게 두 줄로 늘어섰다. 한 줄은 여자아이들이었고, 다른 한 줄은 남자아이들이었다.

"줄을 서라, 칼!" 패트릭 씨가 외쳤다. "손에 맞으면 3펜스고, 엉덩이는 6펜스다. 용기를 내라, 칼!"

칼은 마지못해 줄을 섰다.

회초리가 올라갔다 내려갔다. 패트릭 씨는 거친 숨을 쉬었다.

"엉덩이 여섯 대면 3실링이다." 패트릭 씨는 꼬마 여자아이에게 돈을 주었다.

더 많이 맞을수록 돈을 더 많이 받았다.

칼은 자기 차례가 다가올수록 점점 겁이 났다.

마침내 칼은 줄을 벗어나 텐트 쪽으로 걸어갔다.

"칼! 넌 용기도 없단 말이냐? 용돈을 원치 않느냐?" 뒤에서 패트릭 씨의 거칠고 조롱 섞인 목소리가 들렸다.

칼은 고개를 끄덕이고는 울기 시작했다.

칼은 텐트로 들어가 침낭 위로 쓰러져 흐느꼈다.

밖에서는 여전히 패트릭 씨의 목소리가 들렸다.

"좀 사내답게 굴어, 칼! 사내답게 굴라고!"

칼은 필기 용지와 볼펜을 꺼냈다. 칼이 집에 있는 어머니에게 편지를 쓰는 동안 종이 위로 눈물이 뚝뚝 떨어졌다.

여전히 텐트 밖에서는 회초리가 아이들 살을 후려치는 소리가 들려왔다.

이튿날, 허벅지의 고통은 더 심해졌고, 선생님과 아이들은 대부분 칼을 무시했다. 심지어 '수간호사' 역할을 하기로 되어 있는 여자(패트릭 씨의 부인이었다)조차 그에게 화상이 별로 심하지 않으니 알아서 하라고 말했다.

그리고 어머니가 그를 데리러 캠프에 오기까지의 이틀은 칼이 겪어본 가운데 가장 끔찍한 시간이었다.

칼의 어머니가 도착하기 직전, 패트릭 부인은 칼의 화상이 너무 심해 보이지 않도록 하기 위해 손톱 깎는 가위로 물집을 터뜨리려 했다.

칼의 어머니는 칼을 데려갔으며, 나중에 패트릭 씨에게 편지를 보내 그가 캠프를 운영하는 방식은 끔찍하다며 돈을 돌려달라고 했다.

패트릭 씨는 답장을 하길, 자신은 돈을 돌려주지 않을 것이며, '혹시 모를까 봐 하는 말인데 당신 아들은 약골입니다'라고 썼다. 또한 칼이 나중에 우연히 이 편지를 읽은 것에 따르면, '당신 아들은 좀 여자같이 굽니다'라고도 썼다.

몇 년 뒤, 패트릭 씨와 그의 부인, 그리고 직원은 와이트 섬의 여름 캠프에서 여러 가지 학대 행위를 한 죄로 기소되어 감옥에 갔다.

3

아침, 그리고 때로는 저녁 시간에도, 그들은 글로거를 들것에 싣고 밖으로 나갔다.

글로거가 있는 곳은 처음에 그가 예상했던 것과 달리 무법자들이 임시로 쓰는 숙소가 아니라 제대로 정착한 공동체였다. 이들은 근처 샘에서 물을 끌어와 들에서 옥수수를 재배했으며, 언덕에서는 염소와 양을 쳤다.

이들의 삶은 조용하고 여유로웠다. 일과를 꾸려나가는 대부분의 시간 동안 이들은 글로거의 존재를 무시했다.

가끔씩 세례자 요한이 나타나 글로거의 건강 상태를 묻곤 했다. 그리고 드물긴 하지만 세례자 요한은 글로거에게 그 뜻을 헤아리기 어려운 질문을 던졌고, 글로거는 최선을 다해 대답하려 애썼다.

 설사 이들이 종교 집단이라고 해도 글로거가 생각하기에는 지나칠 정도로 이런저런 자그마한 종교 의식들이 많았고, 그럼에도 광신도처럼 보이지는 않았다. 적어도 글로거는 이들이 꽤 자주 종교 의식에 불려 간다고 생각했다. 이들은 글로거가 볼 수 없는 곳으로 가 모였기 때문이다.

 글로거는 혼자서 생각과 기억과 사색에 잠겼다. 갈비뼈는 아주 천천히 나았고, 글로거는 자신이 애초에 이곳에 온 목적을 이루지 못할까 초조해지기 시작했다.

 글로거는 공동체에 여자가 무척이나 적다는 사실에 놀랐다. 거의 수도원 같은 분위기였으며, 대부분의 남자들은 여자를 피해 다녔다. 글로거는 이곳이 종교적 공동체일 가능성이 아주 크다는 사실을 깨달았다. 혹시 이 사람들은 에세네파인 걸까?

 만약 에세네파라면 이들에 대한 여러 가지 일들이 자연스레 설명되었다. 특히 여자가 없다는 점(에세네파는 결혼을 하는 경우가 드물다), 요한이 보이는 특유의 종말론 믿음, 신앙 의식이 모든 일에 우위에 서는 점, 이들이 영위하는 극도로 소박한 삶, 일부러 다른 사람들과 외떨어져 살려는 듯한 점…….

 글로거는 다음번에 세례자 요한을 보았을 때 이를 물어보았다.

"요한, 당신들은 에세네파인가요?"

세례자 요한이 고개를 끄덕였다.

"그걸 어떻게 아셨소?" 세례자 요한이 글로거에게 물었다.

"에…… 당신들에 대해 들어본 적이 있습니다. 헤롯에게 추방된 겁니까?"

요한이 고개를 저었다. "헤롯이 감히 그럴 용기가 있다면 우리를 추방할 수도 있겠지만, 헤롯에게는 그럴 만한 정당한 이유가 없소. 우리는 우리만의 삶을 영위하며 다른 이에게 해를 입히지 않고, 다른 이들에게 우리 믿음을 강요하지도 않소. 때때로 나는 나가서 우리 신조를 설교하오만, 그건 위법이 아니오. 우리는 모세의 십계명을 지키며 다른 사람들도 그것을 지켜야 한다고 설교할 뿐이오. 우리는 정의를 말할 뿐이라오. 제아무리 헤롯이라 할지라도 그런 우리에게서는 아무런 잘못도 찾아낼 수 없을 거요……."

이제 글로거는 요한이 전에 했던 질문 일부를 좀 더 잘 이해할 수 있었다. 이 사람들이 왜 이렇게 행동하고 왜 이렇게 사는지도 이해할 수 있었다.

게다가 자신이 도착한 장면을 어째서 그토록 태연하게 받아들였는지도 납득이 갔다. 에세네파와 같은 분파는 고행과 단식을 수행하며, 따라서 이런 더운 황야에서는 환상을 자주

보았을 터였다.

또한 글로거는 요한이 에세네파였으며, 초기 기독교의 개념 상당 부분이 에세네파의 믿음에서 비롯되었다는 이론을 접한 기억이 났다.

예를 들어, 에세네파는 세례 의식을 무척 중요하게 여겼다. 에세네파는 하느님에게 선택받아 최후의 날에 심판관이 될 열두 사도를 믿었으며, '너희 이웃을 사랑하라'라는 믿음을 설파했고, 초기 기독교인들이 그러했듯이 자신들은 빛과 어둠, 선과 악 사이 최후의 전쟁인 아마겟돈이 일어나기 직전의 시대를 살고 있으며, 그 전쟁이 일어나면 모든 사람들은 심판을 받으리라고 믿었다. 일부 기독교 분파가 그러하듯, 에세네파는 자신들이 빛의 세력을 대표하고, 헤롯이나 로마 정복자들은 어둠의 세력을 대표하며, 어둠의 세력을 파멸시키는 것이 자신들의 운명이라고 믿었다. 이런 정치적 믿음은 종교적 믿음과 뗄 수 없을 정도로 굳게 연결되어 있었고, 세례자 요한 같은 이가 자신의 정치적 목적을 위해 속으로는 경멸을 하면서도 에세네파를 이용하는 게 불가능하지는 않았지만, 있을 법한 일은 아니었다.

글로거는 생각했다. 20세기 용어로 말하자면 이들 에세네파는 신경증 환자라고 할 수 있어. 편집증에 가까운 신비주의며, 자신들만이 쓰는 비밀 언어를 고안해내는 따위, 심적 균형이 깨진 증거들을 보였으니까.

이 모든 생각이 정신과 의사가 되려다 포기한 글로거에게 떠올랐지만, 인간으로서 글로거는 극도의 합리주의를 따르고 싶은 마음과 아무 생각 없이 신비주의를 따라가고 싶은 욕망 사이에서 방황했다.

무엇인가를 더 물으려는 글로거를 뒤로하고 세례자 요한은 휘적휘적 자리를 떴다. 글로거는 키가 큰 세례자 요한이 커다란 동굴 안으로 사라지는 걸 지켜보았고, 이윽고 저 멀리 들판에서 마른 에세네파 한 명이 다른 두 명이 끄는 쟁기를 조종하는 모습을 지켜보았다.

글로거는 노란 언덕들과 바위들을 살펴보았다. 그는 자신이 도착한 세계를 점점 더 열심히 살폈고, 동시에 자신이 타고 온 타임머신이 어떻게 되었을까 궁금해했다. 완전히 파손되어 수리가 불가능한 상태일까? 과연 이 시대를 떠나 20세기로 돌아갈 수 있을까?

섹스와 종교.

친구를 사귀기 위해 글로거가 가입한 성서 공부 모임.

1954년, 숲을 산책하다 생긴 일.

칼과 베로니카는 팔로의 숲에서 일행을 잃었다.

베로니카는 열세 살이었음에도 얼굴이 붉고 뚱뚱했지만, 그래도 여자였다.

"여기 앉아서 잠시 쉬자." 칼은 덤불에 둘러싸인 작은 공터에 있는 조그마한 둔덕을 가리키며 말했다.

둘은 함께 앉았다.

둘은 아무 말도 하지 않았다.

칼의 시선은 베로니카의 둥글고 피부가 거친 얼굴이 아닌, 목의 사슬에 매달려 대롱거리는 작은 은십자가에 고정되었다.

"다른 아이들을 찾아보는 게 좋겠어." 베로니카가 초조한 목소리로 말했다. "우리가 없어져서 걱정할 거야, 칼."

"곧 우리를 찾아낼 거야." 칼이 말했다. "좀 있으면 우리 찾는 소리가 들릴걸."

"그러다가 애들끼리 가버리면 어떻게 해?"

"우릴 두고 가진 않을 거야. 걱정 마. 곧 우리를 찾는 소리가 들릴 거야……."

칼은 여전히 십자가에 시선을 고정한 채 몸을 앞으로 숙여 짙은 청색 카디건을 입은 베로니카의 어깨로 손을 뻗었다.

칼은 키스하려 했지만 베로니카는 고개를 돌렸다. "우리 키스하자." 칼이 가쁜 숨을 뱉으며 말했다. 그 순간에도 칼은 자기 말이 얼마나 우스꽝스럽게 들리는지 깨달았고, 자신이 정말 바보같이 행동한다고 생각했지만 그래도 말을 멈추지 않았다. "우리 키스하자, 베로니카……."

"싫어, 칼. 그만해."

"빼지 말고……."

베로니카는 버둥거리다가, 칼의 손에서 벗어나 일어섰다.

칼은 얼굴이 붉어졌다.

"미안해." 칼이 말했다. "미안해."

"괜찮아……."

"난 네가 원하는 줄 알았어." 칼이 말했다.

"그런 식으로 달려들 필요는 없어. 그건 로맨틱하지 않잖아."

"미안……."

베로니카가 걷기 시작했고, 십자가가 흔들거렸다. 칼은 십자가에 매혹되었다. 저게 방금 베로니카가 피했다고 여기는 종류의 위험을 막기 위해 하고 다니는 일종의 부적인가?

칼은 베로니카 뒤를 따라갔다.

곧 둘은 나무들 사이로 자신들을 부르는 목소리를 들었고, 칼은 무슨 이유에서인지 속이 메스꺼워졌다.

다른 여자애들 몇 명이 킬킬거리기 시작했고, 소년들 가운데 한 명이 곁눈질을 했다.

"뭐 했어?"

"아무것도." 칼이 말했다.

하지만 베로니카는 아무 말도 하지 않았다. 비록 베로니카는 칼과 키스할 준비가 되어 있지는 않았어도 그 상황을 즐긴 게 분명했다.

베로니카는 돌아오는 길에 칼의 손을 잡았다.

교회로 돌아왔을 때는 날이 어두웠고, 둘은 차를 마셨다. 둘은 함께 앉았다. 그리고 칼은 베로니카의 약간 붕긋한 가슴 사이에 매달려 있는 십자가에서 시선을 떼지 않았다.

다른 아이들은 텅 빈 교회 홀 다른 쪽 끝에 모두 모여 있었다. 가끔씩 여자애들이 킬킬거리는 소리가 칼의 귀에 들렸다. 칼은 남자애 한 명이 자기 쪽을 힐긋거리는 것을 깨달았다. 칼은 마음이 풀리기 시작했고, 베로니카에게 더 가까이 다가갔다.

"차 한 잔 더 가져다줄까, 베로니카?"

베로니카는 바닥만 바라보았다. "아니, 괜찮아. 돌아가야겠어. 엄마랑 아빠가 걱정하실 거야."

"괜찮으면 집까지 바래다줄게."

베로니카가 망설였다.

"우리 집에서 별로 안 멀어." 칼이 말했다.

"알았어."

둘은 일어났다. 칼은 베로니카의 손을 잡고 다른 애들을 향해 손을 흔들었다.

"안녕, 얘들아. 목요일에 보자." 칼이 말했다.

여자애들이 한꺼번에 까르르 웃음을 터뜨렸고, 칼은 다시 얼굴이 붉어졌다.

"이상한 짓 하지 마." 남자애들 가운데 한 명이 외쳤다.

칼은 그 아이를 향해 윙크를 보냈다.

둘은 조명이 밝은 교외의 거리를 걸었다. 둘은 너무 부끄러워 무슨 말을 해야 할지 몰랐으며, 칼이 잡은 베로니카의 손은 기운 없이 흐느적거렸다.

둘이 베로니카 집 앞에 도착했을 때, 베로니카는 잠시 머뭇거리더니 서둘러 말했다. "난 이제 들어가야 해."

"키스 안 해줄 거야?" 칼이 물었다. 칼은 여전히 베로니카의 짙은 청색 카디건 위에 매달린 십자가에 시선을 고정하고 있었다.

베로니카는 재빨리 칼의 뺨에 키스를 했다.

"그거보다는 더 잘해줄 수 있잖아." 칼이 말했다.

"이제 들어가야 해."

"그러지 말고." 칼이 말했다. "우리 제대로 키스하자." 칼은 거의 공황 상태에 빠졌으며, 얼굴은 시뻘겠고 땀을 뻘뻘 흘렸다. 베로니카의 살이 투실투실하고 피부가 거친 얼굴과 뚱뚱한 몸에 욕지기가 날 것만 같았지만, 그럼에도 칼은 베로니카의 두 팔을 잡고 키스를 하려 다가갔다.

"싫어!"

문 뒤에서 불이 켜지더니 베로니카 아버지의 목소리가 복도에서 으르렁거렸다.

"베로니카 왔니?"

칼은 얼른 손을 뗐다. "알았어. 정 싫다면 뭐."

베로니카가 입을 열었다. "미안해. 난 그냥……."

문이 열렸고, 셔츠 바람의 남자가 나타났다. 그 남자는 자기 딸만큼 뚱뚱했고 피부가 거칠었다.

"오호, 남자 친구를 데려왔구나?" 남자가 말했다.

"얘는 칼이에요." 베로니카가 말했다. "저를 집까지 데려다 줬어요. 성서 공부 모임 친구예요."

"좀 더 일찍 데려다줬어야지." 베로니카의 아버지가 말했다. "들어와서 차라도 한 잔 하고 갈래?"

"아니요, 괜찮습니다." 칼이 말했다. "돌아가야 해요. 안녕, 베로니카. 목요일에 보자."

"아마도." 베로니카가 말했다.

목요일이 되었을 때, 칼은 성서 공부 모임에 갔다. 베로니카는 나오지 않았다.

"베로니카네 아빠가 못 가게 하셨어." 여자애 가운데 한 명이 칼에게 말했다. "너 때문인 게 분명해." 그 아이는 경멸하는 투로 말했고, 칼은 어리둥절했다.

"우린 아무 짓도 안 했는걸." 칼이 말했다.

"베로니카도 그렇게 말했어." 여자애가 싱글거리며 칼에게 말했다. "넌 별로 잘하지 못한다더라."

"무슨 뜻이야? 걔는 하지도……."

"네가 키스하는 법을 전혀 모른다더라."

"내게 기회조차 안 줬는걸."

"어쨌든 그렇게 말했어." 여자애가 그렇게 말하고는 다른 아이들을 힐긋 보았다.

칼은 그 아이들이 자신을 놀리고 있다는 걸 알았다. 그리고 아이들이 나름대로 집적거리는 중이며 자신에게 흥미를 느낀다는 사실까지 알아차렸다. 하지만 칼은 자신도 모르게 얼굴이 확 붉어졌고, 성서 공부 모임을 일찍 나왔다.

칼은 그 모임에 다시는 가지 않았다. 하지만 다음 몇 주 동안 자위를 할 때면 베로니카와 베로니카의 젖가슴 사이에 대롱거리던 작은 은십자가를 떠올렸다. 심지어 베로니카의 벗은 몸을 상상할 때조차 십자가는 그대로 남아 있었다. 사실 칼이 흥분한 것은 바로 그 십자가였으며, 더는 베로니카를 상상하지 않게 되었을 때조차도 젖가슴 사이에서 작은 은십자가가 대롱거리는 여자애들을 상상하곤 했으며, 그 생각만 하면 흥분이 되고 믿을 수 없을 정도로 강렬한 쾌감을 느꼈다.

4

한처음, 천지가 창조되기 전부터 말씀이 계셨다. 말씀은 하느님과 함께 계셨고 하느님과 똑같은 분이셨다. 말씀은 한처음 천지가 창조되기 전부터 하느님과 함께 계셨다. 모든 것은 말씀을 통하여 생겨났고 이 말씀 없이 생겨난 것은 하나도 없다. 생겨난 모든 것이 그에게서 생명을 얻었으며 그 생명은 사람들의 빛이었다. 그 빛이 어둠 속에서 비치고 있다. 그러나 어둠이 빛을 이겨본 적이 없다. 하느님께서 보내신 사람이 있었는데 그의 이름은 요한이었다. 그는 그 빛을 증언하러 왔다. 모든 사람으로 하여금 자기 증언을 듣고 믿게 하려고 온 것이다. 그는 빛이 아니라 다만 그 빛을 증언하러 왔을 따름이다. 말씀이 곧 참 빛이었다. 그 빛이 이 세상에 와서 모든 사람을 비추고 있었다. 말씀이 세상에 계셨고 세상이 이 말씀을 통하여 생겨났는데도 세상은 그분을 알아보지 못하였다. 그분이 자기 나라에 오셨지만 백성들은 그분을 맞아주지 않았다. 그러나 그분을 맞아들이고 믿는 사람들에게는 하느님의 자녀가 되는 특권을 주셨다. 그들은 혈육으로나 육정으로나 사람의 욕망으로 난 것이 아니라 하느님에게서 난 것이다.

〈요한 복음〉 1장 1-13절

외로워, 외로워, 외로워……
   오, 예수님……
     멈춰!
      바-보
멈춰   바
   멈춰 보 안 돼!
 예……
   멈춰
   전 당신을 사랑합니다…… 멈춰
예수님, 전…… 멈춰
   외로워……
   외로워……

수님…… 필요…… 사…… 해야만
멈춰
외로워, 외로워, 외로워……
오, 외로워, 외로워……

여드름. 씻기. 외로움. 이성주의. 좆 나게 커다란 은십자가.

글로거의 갈비뼈는 낫고 있었다.
  이제 저녁이었고, 글로거는 절룩거리며 동굴 입구로 가 에세네파가 저녁 기도를 드리며 찬송가를 부르는 것을 들었다. 뭐라고 꼭 집어서 이유를 말할 순 없었지만, 글로거는 그 찬송을 듣자 눈에서 눈물이 흘렀고, 자기도 모르게 흐느끼기 시작했다.
  몸이 회복되던 이 단계에서, 글로거는 종종 우울증을 겪었고 자살하고픈 충동을 느끼곤 했다.

칼은 집의 모든 가스 불을 켜놓았고, 어머니가 직장에서 돌아오는 시간에 맞춰 모든 것을 준비해두었다.

어머니가 현관문을 열고 열려 있는 방문으로 걸어오기 직전, 칼은 거실 벽난로 앞에 누웠다.

집에 들어온 어머니는 비명을 지르며 칼을 안아 들어 소파에 눕혔고, 1층의 모든 창문을 깬 다음 불을 끄고 의사에게 전화를 했다.

의사가 왔을 때, 어머니는 이야기를 꾸며 말했다. 사고라고 했다. 하지만 의사는 진실을 아는 듯했다. 의사는 칼에게 별로 측은함을 느끼지 않았다.

"넌 주목받기를 좋아하는구나, 꼬마야." 칼의 어머니가 방을 나갔을 때 의사가 말했다. "내 의견을 말하자면, 넌 참 주목받기를 좋아해."

칼은 울음을 터뜨렸다.

의사가 돌아갔을 때, 칼의 어머니가 말했다. "우리는 휴가를 갈 거란다. 뭐가 문제니? 학교에서 무슨 일이 있었니? 우리는 휴가를 갈 거란다."

"학교랑은 아무 상관 없어요." 칼이 훌쩍였다.

"그러면 무슨 일이니?"

"엄마 때문에……."

"나? 나? 내가 왜? 내가 뭘 했는데? 무슨 말을 하는 거니?"

"아니에요." 칼이 샐쭉해졌다.

"사람을 불러 유리를 끼워야겠구나." 서둘러 방을 나가며 칼의 어머니가 말했다. "돈이 꽤 들겠네."

절 사랑해주세요, 절 사랑해주세요, 절 사랑해주세요……
 외로워…….
 하늘에 계신 우리 아버지, 온 세상이 아버지를 하느님으로 받들게 하시며, 아버지의 나라가 오게 하시며…….†
 날 사랑해줘!

세상보다 더 커져 우주에 둥둥 뜬 기분으로, 손에는 할례받은 좆을 잡고, 거대하고 부드러운 구름 같은 은십자가 위로 두둥실 두둥실, 나온다, 나온다…….
 날 사랑해줘!

빌 핼리와 핼리 혜성. 나중에 봐요. 그리고 3개월 반 동안 하느님은 잊혀졌다.

† 주기도문으로 쓰이는 〈마태오 복음〉 6장 9-10절.

한 달 정도 세례자 요한은 떠나 있었고, 글로거는 에세네파와 함께 살았다. 시간이 흐르면서 건강이 좋아진 글로거는 에세네파의 일상을 따르는 게 무척이나 쉽다는 사실을 깨달았다.

글로거는 에세네파 거주 구역이, 석회암과 진흙 벽돌로 지어져 여기저기 들어선 단층집들과 좁다란 계곡 양쪽에서 보이는 동굴들로 이루어진 걸 알게 되었다. 어떤 동굴은 자연히 생긴 것이었지만, 어떤 동굴은 예전에 계곡에 살던 이들이 판 것도 있었고, 에세네파 사람들이 판 것도 있었다.

에세네파는 물건을 서로 나누어 썼으며 일부는 아내가 있었지만, 글로거가 일찍이 알아차렸듯이, 대부분은 완전히 금욕적인 삶을 살았다.

글로거는 에세네파 대부분이 평화주의자이며 무기를 소지하거나 만드는 것을 거부한다는 사실을 알고 놀랐다. 에세네파의 믿음은 호전적인 세례자 요한의 설교 내용과는 꽤 달랐지만, 이들은 그런 사실을 무시하고 요한을 존경했다.

어쩌면 이들의 원칙보다는 로마인에 대한 증오가 더 크기 때문인지도 몰랐다. 어쩌면 요한의 의도가 어떤지 확실히 알지 못했기 때문일 수도 있었다. 요한은 이 점에 대해 일부러 애매하게 행동하는 듯했지만, 글로거가 요한을 오해했을 수도 있었다. 하지만 이들이 요한을 용납하는 이유가 어찌 되었든 간에, 세례자 요한이 이들의 실질적 지도자임에는 의심의 여지가 없었다.

에세네파의 일과는 하루 세 번 침례, 식사 때와 새벽, 해 질 때에 하는 기도, 노동으로 이루어져 있었다.

노동은 어렵지 않았다.

때때로 글로거는 두 명이 끄는 쟁기를 조종했다. 쟁기 끄는 것을 도울 때도 있었다. 또 어떤 때는 언덕 기슭에 풀어놓아 풀을 뜯게 한 염소 떼를 돌보기도 했다.

평화롭고 규칙적인 삶이었으며, 하루의 일과 중에는 비위생적인 과정도 무척이나 많았지만 시간이 얼마 흐르고 난 뒤, 글로거는 그런 것에 거의 신경 쓰지 않게 되었다.

염소를 돌볼 때면 언덕 꼭대기에 누워 황야를 바라보곤 했다. 황야는 사막이 아니라 바위가 많은 관목지로, 염소나 양을 치기 충분했다.

관목지는 낮게 자란 수풀과 강둑을 따라 자라는 작은 나무 몇 그루들로 나뉘어져 있었다. 강은 사해로 통하는 게 분명했다.

땅은 고르지 않았다. 마치 폭풍우 속의 호수가 얼어붙어 노란색과 갈색으로 바뀐 듯한 모습이었다.

사해 너머에는 예루살렘이 있었다.

글로거는 종종 예루살렘을 생각했다.

아직까지는 예수가 그 도시를 마지막으로 방문하지 않은

게 확실했다.

세례자 요한은 (만약 신약 성서의 내용을 믿는다면) 그 일이 있기 전에 죽게 될 터였다. 살로메가 헤롯을 위해 춤을 추고, 세례자 요한의 위대한 머리는 그 몸에서 분리될 터였다.

글로거는 그 생각을 하니 흥분이 되었지만 동시에 죄책감이 들었다. 세례자 요한에게 경고를 해줘야 하는 것은 아닐까?

글로거는 자신이 그렇게 하지 않으리라는 것을 알았다. 타임머신에 타기 전, 글로거는 그 어떠한 경우에도 역사를 바꾸려고 해서는 안 된다는 엄중한 경고를 받았다. 글로거는 이 시대의 역사가 어떤 과정을 거쳤는가에 대해 자신이 확실히 모른다고 스스로를 설득했다. 오직 전설만 있을 뿐 순수한 역사 기록은 없었다. 신약 성서는 사건들이 벌어지고 수십 년 심지어 수백 년이 지나고 나서야 쓰여졌다. 또한 그 내용이 역사적으로 검증된 적도 없었다. 그렇다면 그가 사건에 개입한다고 해서 달라질 것도 없지 않은가?

하지만 그럼에도 글로거는 자신이 요한에게 경고를 하지 않으리라는 걸 알았다.

글로거는 자신이 이렇게 행동하는 이유가 사건들이 일어나길 원하기 때문이라는 사실을 어렴풋이 깨달았다. 그는 신약이 옳기를 원했다.

곧 글로거는 예수를 찾아 나서야만 했다.

비록 대충 비슷한 지역에서 살기는 했지만, 칼의 어머니는 자주 이사를 했다. 사우스런던에서 살던 집을 팔고 반 마일 떨어진 곳에 집을 사는 식이었다.

칼은 잠시 로큰롤 팬으로 지냈지만, 손튼 히스로 이사한 뒤에는 그 지역 교회의 성가대에 들어갔다. 칼의 목소리는 맑고 아름다웠으며 성가대 지휘를 맡은 부목사는 그런 칼에게 특별한 관심을 보이기 시작했다. 처음에 둘은 음악에 대해 이야기를 나누었지만, 곧 종교에 대해 더 깊은 이야기를 나누게 되었다. 칼은 자신의 양심에 관한 다소 광범위한 문제들에 대해 부목사에게 조언을 얻고 싶었다. 가령 다른 이의 감정을 해치지 않으면서 평범한 행동을 하고 평범한 삶을 살려면 어떻게 해야 하는가, 왜 사람들은 서로에게 그렇게 폭력적인가, 왜 사람들은 전쟁을 하는가와 같은 문제였다.

영거 씨의 대답은 칼의 질문만큼이나 두루뭉술하고 개략적이었지만, 영거 씨는 굵직하고 확신에 차고 듣는 이를 안심시키는 목소리로 대답을 했고, 그 목소리를 들은 칼은 언제나 한결 기분이 나아졌다.

둘은 함께 산책을 나갔다. 영거 씨는 칼의 어깨에 손을 얹곤

했다.

어느 주말, 성가대는 축제에 참가하기 위해 윈체스터에 갔고, 그들은 유스 호스텔에 묵었다. 칼은 영거 씨와 방을 함께 썼다.

밤늦게, 영거 씨가 칼의 침대에 올라왔다.

"네가 여자였으면 좋겠구나, 칼." 영거 씨는 칼의 머리를 쓰다듬으며 말했다.

칼은 너무 놀라 뭐라 대답을 할 수가 없었지만 영거 씨가 생식기에 손을 대자 반응을 보였다.

둘은 그날 밤 내내 사랑을 나누었지만, 아침이 되자 칼은 혐오감이 들었고 영거 씨의 가슴을 때리며 만약 또 한 번 이런 짓을 하면 어머니에게 이르겠노라고 말했다.

영거 씨는 흐느끼며 자신이 잘못했다고, 예전처럼 둘이 친구로 지낼 수는 없겠느냐고 말했지만 칼은 영거 씨가 자신을 배반했다는 느낌이 들었다. 영거 씨는 자신이 칼을 사랑한다고 말했다. 하지만 성적인 의미가 아니라 기독교인으로 사랑하며 칼과 어울리면서 무척이나 즐거웠다고 말했다. 하지만 칼은 영거 씨에게 아무런 말도 하지 않았고 손튼 히스로 돌아오는 기차에서 내내 영거 씨를 피했다.

칼은 성가대에 몇 주 더 나갔지만 칼과 영거 씨 사이에는 긴장감이 맴돌았다.

성가대 연습이 끝난 저녁, 영거 씨는 칼에게 남으라고 했고, 칼은 혐오감과 남고 싶은 마음 사이에서 갈등을 했다.

마침내 칼은 남았고, 평범한 나무십자가가 그려지고 그 아래에 '하느님은 사랑입니다'라고 적힌 포스터 아래에서 영거 씨가 자기 생식기를 만지작거리게 내버려뒀다.

칼은 신경질적으로 웃기 시작하더니 교회를 뛰쳐나가 다시는 돌아오지 않았다.

칼은 열다섯 살이었다.

은십자가는 여자와 같다.

나무십자가는 남자와 같다.

칼은 종종 자신이 나무십자가라고 생각했다. 칼은 비몽사몽간에 환상을 보곤 했다. 자신이 묵직한 나무십자가이며 섬세한 은십자가를 찾아 어둠 속을 헤매는 내용이었다.

열일곱 살이 되었을 때, 칼은 정식 기독교에 완전히 흥미를 잃었고, 이교도, 특히 켈트 신비주의와 미트라교에 푹 빠졌다. 칼은 창간 뒤 얼마 지나지 않아 폐간된《아빌리온》이라는 잡지의 펜팔 난을 통해 한 여인을 알게 되었고, 이 여인이 주최한 파티에서 킬번에 사는 특무상사의 아내를 만나 불륜 관계를 가졌다.

특무상사의 아내(남편은 극동 지방 어딘가에 있었다)는 은으로 된 작은 켈트 십자가, 소위 '태양 십자가'를 목에 하고 있었으며, 칼이 그 여자에게 끌린 건 바로 그 십자가 때문이었다. 하지만 칼은 진을 반 병이나 마시고 나서야 용기를 내어 가녀린 그 여자의 어깨에 팔을 둘렀고, 나중에는 어둠 속에서 허벅지 사이로 손을 넣고 공단 속바지 안의 성기를 만졌다.

데어드리 톰슨 이후, 칼은 그 모임에서 평범한 얼굴의 여자들을 낚는 데 성공을 거듭했으며, 그 모두가 같은 종류의 공단 속바지를 입은 걸 발견했다.

6개월이 되지 않아 칼은 그런 행동에 질렸다. 신경과민인 여자들이 싫었고, 자신이 증오스러웠으며, 켈트 신비주의가 지루했다. 칼은 대부분의 시간을 집을 나와 주로 데어드리 톰슨의 집에서 살았지만, 결국 집으로 돌아갔고 신경 쇠약증에 걸렸다.

칼의 어머니는 아들에게 변화가 필요하다고 느껴, 칼이 함부르크에서 사귄 친구들을 방문할 여비를 주었다.

함부르크에 사는 칼의 친구들은, 자신들이 화성에서 비행접시를 타고 온 무자비한 유령들이 원자폭탄으로 파멸시킨 아틀란티스의 후손이라고 여겼다.

칼은 이번에도 평범한 얼굴의 독일 여자들을 연거푸 낚는 데 성공했다. 영국 여자들과 달리, 독일 여자들은 검은색 나일론 레이스가 달린 팬티를 입고 있었다.

독일 여행은 변화를 불러왔다.

함부르크에서 칼은 호전적인 반기독교인이 되었으며, 기독교는 그전에 있던 오래된 북유럽 신앙을 곡해 한 것이라고 주장했다.

하지만 칼은 이 믿음이 아틀란티스인들의 믿음에서 발전한 것이라는 주장은 결코 받아들일 수 없었고, 마침내 독일 친구들과 다투게 되었고, 독일의 나머지 지역이 자신에게 별로 맞지 않는다는 사실을 깨닫고는 텔아비브로 떠났다. 텔아비브에서 칼은 주로 프랑스 지역 오컬트 전승 연구를 전문으로 하는 서점 주인을 알게 되었다.

텔아비브에서 헝가리 출신의 화가를 만나 대화를 하던 중 칼은 융에 대해 알게 되었고, 융의 주장이 터무니없다며 무시했다. 칼은 점점 더 사람들을 피하다가, 어느 아침, 버스를 타고 사막 근처의 시골로 갔다. 결국 칼은 안티레바논 산맥에 도착했다. 그곳에 사는 사람들은 칼이 아는 한 고대 아람어에 가장 가깝게 말했다. 그 사람들은 칼에게 친절했고, 칼은 그 사람들과 사는 게 좋았다. 칼은 그곳에서 넉 달을 살다가 감수성이 풍부해진 상태로 텔아비브로 돌아왔고, 헝가리 출신 화가와 융에 대해 다시 이야기를 나눴다. 오컬트 서점, 그리고 텔아비브의 다른 서점과 도서관에서는 융에 대해 영어로 된 책을 발견할 수 없다는 걸 알게 된 칼은 영국으로 돌아가기로 결정하고 영국 영사관에서 비행기 값을 빌렸다.

칼은 사우스런던으로 돌아오자마자 공공도서관으로 가 융의 책을 읽으며 많은 시간을 보냈다.

어머니는 칼에게 언제 직장을 구할 것인지 물었다.

칼은 자신은 심리학을 공부해서 정신과 의사가 될 생각이라고 말했다.

에세네파가 사는 방식은 단순했지만 편안했다.

그들은 글로거에게 염소가죽으로 된 허리감개와 지팡이를 주었으며, 비록 항상 감시를 하기는 했지만 글로거를 분파의 일원으로 받아들였다.

가끔은 칼이 타고 온 전차에 대해 불쑥 물어보았으며(그들은 사막에 있는 타임머신을 곧 가져올 계획이었다), 칼은 자신은 그것을 타고 이집트에서 시리아까지 왔으며 다시 이곳으로 왔다고 말했다. 에세네파 사람들은 그 기적을 담담히 받아들였다. 그들은 기적에 익숙해져 있었다.

에세네파 사람들은 글로거의 타임머신보다 더 신기한 물건들을 보아왔다.

그들은 사람이 물 위를 걷는 것을 보았으며 천사가 하늘에서 내려오고 다시 하늘로 올라가는 모습을 보았다. 또한 사탄과 그 부하들의 달콤한 유혹의 목소리 그리고 하느님과 대천사들의 목소리를 들었다.

그들은 이 모든 내용을 두루마리 양피지에 기록해두었다. 그 두루마리에는 오로지 초자연적인 내용들만이 적혀 있었다. 한편 다른 두루마리에는 그들의 일상 그리고 여행을 떠났다가 돌아온 사람들이 전해준 소식들이 적혀 있었다.

에세네파 사람들은 하느님의 존재 아래 한결같이 생활했다. 하느님께 이야기를 했으며 유대의 이글거리는 태양 아래에서 기도를 드리고 금식을 하고 고행을 하면서 하느님으로부터 답을 받았다.

칼 글로거는 머리를 길게 기르고 수염도 깎지 않았다. 햇빛 때문에 얼굴과 몸은 곧 검게 탔다. 글로거는 에세네파 사람들이 하는 것처럼, 고행을 하고 금식을 하고 태양 아래에서 기도를 드렸다.

하지만 하느님의 목소리는 거의 듣지 못했으며, 단 한 번 불의 날개를 단 대천사를 보았다고 생각했다.

어느 날, 에세네파 사람들은 글로거를 강으로 데려가더니 그가 세례자 요한을 만났을 때 처음 알려준 이름으로 세례를 해줬다. 사람들은 글로거를 임마누엘이라 불렀다.

몸을 흔들고 찬송을 부르며 진행되는 의식 속에서, 글로거는 평생 이렇게 정신이 아득하리만큼 기분이 좋고 행복한 적이 없었다.

5

에세네파의 환각을 기꺼이 겪어보려 했음에도, 글로거의 시도는 수포로 돌아갔다.

또 한편으로 글로거는 그동안 자신이 자초해 겪은 온갖 고초들을 생각해볼 때, 지금 기분이 이렇게 좋다는 데 깜짝 놀랐다. 또한 그 어떤 기준으로 본다 해도 미쳤다고밖에 표현할 수 없는 낯선 남녀 무리들 속에 섞여 무척이나 편안해한다는 사실을 인정하지 않을 수 없었다. 어쩌면 이 사람들의 광기가 글로거 자신의 광기와 그리 다르지 않았기 때문일 수도 있었고, 얼마 뒤 글로거는 그 점에 대해 더는 생각하지 않았다.

모니카.

  모니카는 은십자가를 하지 않았다.

  둘은 칼이 달리 그랜지 정신병원에서 잡역부로 일할 때 처음 만났다. 당시 칼은 점차 자신이 원하는 일 쪽으로 나아갈 수 있을 거라고 생각했다. 모니카는 정신과 전문 사회복지사였다. 칼은 다른 잡역부들과 간호사들이 환자들을 때리고 고함을 지르는 식으로 소소한 고통을 준다는 점을 여러 사람들에게 말했지만 모니카가 그 말에 가장 동정적인 듯했다.

  "우리는 제대로 된 사람을 쓸 수가 없어요." 모니카가 칼에게 말했다. "급료가 너무 적거든요……."

  "그러면 돈을 더 줘야죠."

  모니카는 다른 사람들처럼 어깨를 으쓱해 보이는 대신 고개를 끄덕였다. "저도 알아요. 그 점에 대해 《가디언》지에 두 번이나 투고를 했어요. 물론 제 이름을 밝히지는 않았죠. 그리고 그 가운데 하나는 실렸어요."

  칼은 얼마 뒤 그 병원을 떠났고 몇 년 동안 모니카를 다시 만나지 못했다.

  칼이 스무 살 때였다.

어느 날 저녁, 세례자 요한은 자신을 가장 충실히 따르는 제자 스무 명 정도와 함께 구릉지대를 터벅터벅 넘어 에세네파가 있는 곳으로 돌아왔다.

밤이 되어 염소들을 동굴로 돌려놓을 준비를 하던 글로거가 세례자 요한을 보았다. 글로거는 세례자 요한이 다가오길 기다렸다.

처음에 세례자 요한은 글로거를 알아보지 못하다가 이윽고 웃음을 터뜨렸다.

"이런, 임마누엘. 에세네파 일원이 다 되었군그래. 세례는 받았소?"

글로거가 고개를 끄덕였다. "받았습니다."

"잘됐군." 세례자 요한은 뭔가 다른 생각이 떠올랐다는 듯이 얼굴을 찡그렸다. "난 예루살렘에 있었소. 친구들을 좀 만났다오."

"예루살렘에서 무슨 소식이라도 들었나요?"

세례자 요한은 솔직한 표정을 지었다. "당신이 헤롯이나 로마인의 첩자가 아니라는 걸 알게 되었소."

"그렇게 결론을 내렸다니 다행이로군요." 글로거가 싱긋 웃었다.

요한의 무서운 표정이 부드러워졌다. 요한은 싱긋 웃더니 로마인식으로 글로거의 팔뚝 위쪽을 잡았다.

"그러니 당신은 우리 친구요. 어쩌면 단순한 친구 이상의 존재일지도 모르고……."

글로거가 얼굴을 찡그렸다. "무슨 말인지 못 알아듣겠군요." 글로거는 세례자 요한이 예루살렘에 가 있는 동안 자신의 뒷조사를 철저히 했으며 결국 자신이 적이 아닌 친구로 결론지었다는 사실에 안도했다.

"무슨 뜻인지 알아들었을 거라 생각하오만." 요한이 말했다.

글로거는 피곤했다. 그날 그는 음식을 아주 조금만 먹은 데다가 하루 종일 햇빛 아래에서 염소를 쳤다. 글로거는 하품을 했다. 더는 질문할 기운이 나지 않았다.

"저는 무슨 말인지……." 글로거가 입을 열었다.

한순간 요한의 얼굴이 어두워지는가 싶더니 어색하게 웃음을 터뜨렸다. "지금은 더 말하지 맙시다. 오늘 저녁은 나와 함께 합시다. 들꿀과 메뚜기가 있소."

들꿀과 메뚜기는 식량을 가지고 다닐 수 없는 여행자들이 여행을 하며 찾아 먹는 음식이었는데, 글로거는 아직 그것을 먹어본 적이 없었다. 어떤 이는 그게 맛있다고 여겼다.

"고맙습니다. 오늘 저녁에 뵙지요." 글로거가 말했다.

요한이 다시금 싱긋, 의미를 알 수 없는 웃음을 지어 보이더니 제자들과 함께 성큼성큼 걸어갔다.

글로거는 어리둥절해하며 염소 떼를 동굴로 들여보낸 뒤 염소들이 도망치지 못하도록 가지를 엮어 만든 문을 닫았다.

이윽고 글로거는 공터를 가로질러 자기가 사는 동굴로 가 짚더미 위에 누웠다.

세례자 요한은 자신이 꾸미는 계획에 글로거가 어떤 역할을 할 수 있다고 생각하는 게 분명했다.

에바와 함께 누린 잔디밭, 나무들, 화창한 날들, 이 모든 것은 달콤하고도 순결했으며 찬탄이 절로 나왔다. 칼은 제라드 프리드먼이라는, 초자연 현상 서적을 전문으로 다루는 저널리스트가 주최한 옥스퍼드의 파티에서 에바를 만났다.

이튿날 둘은 이시스 강변을 걸으며 반대편 강둑에 계류된 거룻배와 낚시하는 아이들, 저 멀리로 보이는 대학의 첨탑들을 바라보았다.

에바는 칼을 걱정했다.

"그렇게 안달하지 않아도 돼, 칼. 세상에 완벽한 건 없어. 삶을 있는 그대로 받아들일 수는 없는 거야?"

에바는 칼이 함께 있으면서 편안함을 느낀 최초의 여자였다. 칼이 소리 내어 웃었다. "그렇지. 못할 것도 없겠지?"

에바는 무척이나 자상했다. 에바의 금빛 머리털은 길고 가늘었으며, 가끔씩 얼굴로 흘러내려 커다란 푸른 눈동자를 가리곤 했다. 에바가 심각할 때나 즐거울 때나 상관없이, 그녀의 커다랗고 푸른 두 눈동자는 언제나 솔직함으로 가득했다.

그 몇 주 동안, 칼은 삶을 있는 그대로 받아들였다. 둘은 칼이 머무는 프리드먼 집의 좁은 다락방에서 함께 잤다. 프리드먼은 둘의 관계에 관심을 보였지만 둘은 전혀 관심을 두지 않았으며, 에바의 부모님이 가끔씩 에바에게 언제 집에 올 것인지를 묻는 편지를 보냈지만 그 역시 둘은 전혀 신경 쓰지 않았다.

에바는 열여덟 살로, 옥스퍼드 소머빌 칼리지 1학년이었으며 방학 중이었다.

칼이 기억하기로 누군가에게 사랑을 받기는 처음이었다. 에바는 칼에게 푹 빠져 있었고, 칼 역시 에바에게 푹 빠져 있었다. 처음에 칼은 에바의 열정과 관심이 부담스러웠으며 뭔가 다른 뜻이 있을 거라고 의심했다. 누군가가 자신을 그토록 사랑할 수 있다는 사실을 믿을 수 없었기 때문이다. 하지만 점차 칼은 에바의 사랑을 받아들였고, 또한 에바를 사랑하게 되었다. 둘이 떨어져 있을 때면 둘은 서툰 솜씨로 지은 연가를 서로에게 보냈다.

"넌 무척이나 멋져, 칼." 에바는 이렇게 말하곤 했다. "넌 세상에 뭔가 멋진 일을 해낼 거야."

그 말에 칼은 소리 내어 웃었다. "내게 있는 재능이라고는 자기연민뿐인걸……."

"자기 인식이야. 그건 다른 거라고."

칼은 에바가 이상적으로 그리는 자기 모습에 대해 부정하려 해보았지만, 에바는 이런 칼을 오히려 겸손한 사람이라고 여길 뿐이었다.

"넌 마치…… 마치 퍼시벌† 같아……." 어느 날 저녁 에바가 이렇게 말했고, 그 말을 들은 칼은 큰 소리로 웃어댔다. 하지만 자기 웃음에 에바가 상처를 받은 걸 깨닫고는 에바의 이마에 키스를 했다.

"바보 같은 소리 마, 에바."

"정말이야, 칼. 넌 성배를 찾고 있어. 그리고 찾게 될 거고."

칼은 에바가 자신에게 보이는 신뢰에 감명받았고, 어쩌면 에바가 옳을지도 모른다고 생각하기 시작했다. 어쩌면 칼에게는 따라야 할 운명이 있을지도 몰랐다. 에바와 함께 있으면, 에바의 말을 듣고 있노라면 칼은 자신이 영웅이 된 듯한 느낌이 들었다. 칼은 에바가 보내는 숭배에 흠뻑 젖어 들었다.

칼은 프리드먼을 도와 자료 조사를 했고, 그렇게 번 돈으로 에바에게 작은 은제 앵크‡ 목걸이를 사주었다. 에바는 그것을 받고 무척이나 기뻐했다. 에바는 비교종교학을 공부하고 있

---

† 아서 왕 이야기에 등장하는 원탁의 기사 가운데 한 사람으로, 성배를 찾아다니는 인물이다.
‡ 고대 이집트에서 사용된 십자가 중 하나. 윗부분이 둥그런 고리 모양이다.

었으며, 그 당시에는 특히 이집트에 열을 올리고 있었다.
 하지만 칼은 얼마 지나지 않아 자신을 사랑하는 에바의 모습에 만족하지 못하게 되었다. 칼은 에바를 시험하고 싶었다. 확신하고 싶었다. 칼은 밤이 되면 술에 취해 에바에게 외설스러운 이야기를 했고, 술집에서 싸움질을 했다. 하지만 그냥 평범한 싸움이었다. 큰 싸움을 벌이기에는 칼이 너무 소심했기 때문이다.
 그리고 에바는 칼에게서 물러서기 시작했다.
 "너랑 있으면 불안해져." 에바가 슬픈 목소리로 설명했다. "넌 날 너무 긴장하게 해."
 "그게 무슨 문제야? 나를 있는 그대로 사랑할 수는 없는 거야? 이게 내 모습이야, 알잖아. 난 퍼시벌이 아니라고."
 "넌 너 자신을 실망시키고 있어, 칼."
 "난 내 본모습이 어떤지를 너에게 보여주려는 것뿐이야."
 "하지만 넌 사실 그런 사람이 아니야. 넌 다정하고, 착하고, 친절하고……."
 "난 자기연민에 빠진 실패자야. 그걸 받아들이든지 아님 헤어져."
 에바는 떠났다. 에바는 이틀 뒤 부모님 집으로 갔다. 칼은 에바에게 편지를 썼지만 답장은 오지 않았다. 칼은 에바를 보러 갔지만 그녀의 부모님은 에바가 외출했다고 했다.

몇 달 동안 칼은 끔찍한 상실감과 당혹감에 시달렸다. 칼은 왜 둘의 관계를 일부러 망가뜨렸을까? 칼은 에바가 자신을 상상 속의 인물이 아닌, 현실 그대로 받아들이길 원했기 때문이다. 하지만 만약 에바가 옳았다면? 뭔가 더 나은 인물이 될 기회를 칼이 일부러 차버린 거라면? 칼은 어느 쪽이 진실인지 알 수 없었다.

한 시간 뒤, 세례자 요한의 제자 가운데 한 명이 오더니 글로거를 데리고 계곡 반대편에 있는 집으로 갔다.

그 집에는 방이 둘뿐이었다. 하나는 식당이었고 다른 하나는 잠자는 곳이었다.

요한은 가구가 거의 없는 식당에서 반갑게 글로거를 맞이했다. 요한은 글로거에게 한쪽에 있는 무명 방석에 앉으라고 손짓을 했다. 그곳에는 낮은 식탁이 있었고, 음식이 놓여 있었다.

글로거는 앉아서 다리를 꼬았다. 식탁 맞은편에서 요한이 싱긋 웃으며 음식을 향해 손짓했다. "드시지요."

글로거의 입맛에 꿀과 메뚜기는 너무 달았지만, 보리와 염소 고기가 아닌 다른 음식을 먹으니 기분이 좋았다.

세례자 요한은 맛있게 음식을 먹었다. 밤이 깊었고, 기름 종지에 뜬 심지의 불이 방을 밝혔다. 바깥에서는 기도하는 이들의 낮은 두런거림과 신음, 울부짖는 소리가 들렸다.

글로거는 메뚜기를 한 마리 더 꿀 종지에 담갔다. "왜 절 보자고 한 겁니까, 요한?"

"때가 되었기 때문이오."

"무슨 때가 되었단 말인가요? 유대인들을 이끌고 로마에 대항할 계획인가요?"

글로거의 노골적인 질문에 세례자 요한은 당황한 듯했다. 글로거가 세례자 요한을 당황케 한 건 이 질문이 처음이었다.

"만약 그것이 아도나이의 뜻이라면." 요한은 글로거의 시선을 피한 채 꿀 종지에 몸을 기울이며 말했다.

"로마인들도 이 사실을 아나요?"

"나도 모르오, 임마누엘. 하지만 내가 그 죄 많은 자들에 대해 반하는 말을 했다고 근친상간자 헤롯이 로마인들에게 일러바쳤을 거란 점에는 의심의 여지가 없소."

"하지만 로마는 당신을 체포하지 않았습니다."

"빌라도는 감히 그럴 용기가 없소. 티베리우스 황제에게 청원이 들어갔으니까."

"청원이라고요?"

"그렇소. 빌라도 총독은 예루살렘에 있는 궁전에 방패를 봉헌하여 성전의 법을 어기려 했소. 그래서 헤롯과 바리새인들이 티베리우스에게 청원을 넣었소. 티베리우스는 빌라도를 나무랐고, 그 뒤로 빌라도는 여전히 유대인을 싫어하기는 하지만 우리를 다루는 데는 더 조심하게 됐다오."

"요한, 티베리우스가 로마를 얼마나 다스렸는지 혹시 아나요?" 글로거는 지금까지 이 질문을 할 기회가 없었다.

"14년이오."

그렇다면 서기 28년이었다. 대부분의 학자들이 동의하던 예수의 십자가형까지 1년이 채 남지 않은 때로, 글로거의 타임머신이 바로 이 시기에 부서진 것이었다.

이제 세례자 요한은 정복자 로마에 대항해 무장 봉기를 계획하고 있었지만 만약 복음서 내용을 그대로 믿는다면 곧 헤롯에 의해 목이 잘릴 터였다. 이 당시에 대규모 반란은 분명히 일어나지 않았다.

비록 어떤 이들은 예수와 그의 제자들이 예루살렘에 입성해 성전에 들어간 것이 사실은 무장 봉기를 뜻하는 것이라고 주장하기도 하지만 세례자 요한이 비슷한 일을 했다는 기록은 그 어디에서도 찾아볼 수 없었다.

다시 한 번 글로거는 요한에게 경고를 해줘야 하지 않을까 하는 생각이 들었다. 하지만 세례자 요한이 과연 글로거의 말을 믿을까? 어떤 증거를 들이대더라도, 결국 글로거의 말을 안 믿는 쪽을 택하지 않을까?

글로거는 세례자 요한을 아주 좋아하게 되었다. 세례자 요한은 심지 굳은 혁명가였으며, 로마에 대항하는 반란을 오랜 시간에 걸쳐 계획했고, 그 시도가 성공할 수 있도록 충분한 시간을 들여 많은 추종자들을 모았다.

글로거는 세례자 요한을 생각하면 2차 세계대전 당시 레지스탕스 지도자가 떠올랐다. 강인함과 상황에 대한 현실적인 인식 면에서 레지스탕스 지도자와 비슷했다. 요한은 자기 나라에 주둔한 로마군을 물리칠 기회는 단 한 번뿐이라는 사실을 잘 알았다. 만약 반란을 오래 끌게 되면 로마는 반란군을 물리칠 충분한 병력을 예루살렘에 보낼 터였다.

"당신은 아도나이께서 언제 당신을 통해 부도덕자를 멸할 계획이시라고 생각하나요?" 글로거가 재치 있게 물었다.

요한은 흥미롭다는 표정으로 글로거를 보았다.

"우리 민족은 유월절에 가장 들떠 있고 낯선 이들에게 분노를 보인다오." 요한이 말했다.

"유월절이 얼마나 남았나요?"

"몇 달 안 남았소."

글로거는 잠시 아무 말 않고 음식을 먹었고, 이윽고 솔직한 표정으로 세례자 요한을 보았다.

"제가 뭔가 역할을 맡아야 하는 거죠?" 글로거가 말했다.

요한이 땅을 바라보았다. "당신은 아도나이께서 자신의 뜻을 이루기 위해 보낸 이요."

"제가 어떻게 하면 당신을 도울 수 있습니까?"

"당신은 마법사요."

"저는 기적을 일으킬 수 없습니다."

요한은 턱수염에 묻은 꿀을 닦았다. "그 말은 믿을 수 없소, 임마누엘. 당신은 불가사의한 방식으로 이곳에 왔소. 에세네파는 당신이 악마인지 아니면 아도나이께서 보낸 사자인지 알지 못했소."

"저는 둘 다 아닙니다."

"왜 나를 혼란스럽게 하는 거요, 임마누엘? 나는 당신이 아도나이의 사자임을 알고 있소. 당신은 에세네파가 찾던 신호요. 때가 거의 다 되었소. 하늘의 왕국이 가까워졌소. 우리와 함께합시다. 사람들에게 당신이 아도나이의 목소리로 말한다는 사실을 알리시오. 위대한 기적을 행하시오."

"당신의 힘이 줄고 있는 거군요?" 글로거가 날카로운 눈으로 요한을 바라보았다. "당신을 따르는 반군들에게 다시 희망을 품게 하기 위해 제가 필요한 건가요?"

"당신은 마치 로마인처럼 말하는구려. 어찌 그리 투박하게 말한단 말이오!"

요한이 버럭 화를 내며 일어섰다.

요한은 같이 사는 에세네파와 마찬가지로 단도직입적으로

말하는 것보다는 돌려 말하는 것을 더 좋아하는 게 분명했다. 글로거는 요한이 그러는 데는 실용적인 이유가 있다는 사실을 깨달았다. 요한과 그를 따르는 사람들은 언제 있을지 모르는 배반을 두려워했기 때문이다. 심지어 에세네파의 기록 역시 일부는 암호로 적혀 있으며, 별다른 뜻이 없는 단어나 문구가 사실은 완전히 다른 것을 의미하기도 했다.

"미안합니다, 요한. 하지만 만약 제 말이 맞다면 알려주십시오."

글로거가 부드럽게 말했다.

"당신은 전차를 타고 하늘에서 홀연히 나타난 마법사가 아니오?" 세례자 요한이 두 손을 흔들고 어깨를 으쓱해 보였다. "내 부하들이 당신을 보았소! 공중에서 갑자기 빛나는 물체가 나타나더니 깨어지면서 그 안에서 당신이 나오는 것을 보았다고 했소. 그게 마법이 아니면 무엇이란 말이오? 당신이 입었던 옷이 지상에서 입는 옷이란 말이오? 전차 안에 있던 부적들은 또 다 뭐요? 그 모든 것이 당신의 강력한 마법을 말해주는 게 아니라면 뭐란 말이오? 예언에 따르면, 마법사가 이집트에서 올 것이며 임마누엘이라 불린다 했소. 〈미가서〉에 그렇게 적혀 있단 말이오! 내가 지금 한 말 가운데 단 하나라도 참이 아닌 것이 있소?"

"거의 전부가 틀립니다. 그리고 그것들에 대해 전 모

두……." 글로거는 '이성적'이라는 단어에 가장 가까운 표현이 떠오르지 않아 말을 멈췄다. "저는 평범한 사람입니다. 당신들과 마찬가지로요. 저에게는 기적을 일으킬 능력이 없습니다. 저는 단지 인간일 뿐입니다!"

요한이 무서운 표정을 지었다. "그러니까 나를 돕지 않겠다는 뜻이오?"

"저는 당신과 에세네파에게 고마워하고 있습니다. 당신은 죽을 뻔한 저를 살려주셨습니다. 만약 제가 보답할 방법이 있다면……."

요한은 신중하게 고개를 끄덕였다. "보답할 수 있소, 임마누엘."

"어떻게 말입니까?"

"내가 원하는 위대한 마법사가 되어주시오. 조급해하면서 아도나이의 뜻으로부터 벗어나려는 사람들 앞에 당신을 내세울 수 있도록 해주시오. 당신이 우리에게 어떤 식으로 왔는지 내가 사람들에게 말하게 해주시오. 그리고 당신은 이 모든 것이 아도나이의 뜻이며 우리는 그 뜻이 이루어지도록 준비를 해야 한다고 말해주시오."

요한이 이글거리는 눈으로 글로거를 바라보았다.

"그렇게 해주시겠소, 임마누엘?"

"요한……, 당신이나 저, 또는 다른 사람들을 속이지 않고 제가 당신을 도울 방법은 없나요?"

요한은 생각에 잠긴 표정으로 글로거를 보았다. "어쩌면 당신은 자신의 운명을 깨닫지 못하고 있는지도 모르겠소……." 요한이 생각에 잠겨 말했다. "하긴, 당연할지도 모르오. 솔직히, 만약 당신이 호언장담을 했다면 아마 나는 당신을 의심했을 거요. 임마누엘, 당신이 예언된 바로 그 인물이라는 내 말을 믿지 않는 거요?"

글로거는 몸의 힘이 쭉 빠졌다. 요한의 주장에 어떻게 답해야 할지 알 수 없었다. 어쩌면, 자신이 예언 속 인물일 수도 있었다. 만약 천리안을 가진 누군가가 있어서……. 오, 그건 말도 안 됐다. 하지만 그렇다면 글로거가 뭘 할 수 있단 말인가?

"요한, 당신은 기적에 목말라 있습니다. 만약 진짜 마법사가 도착한다고 가정……."

"마법사는 이미 왔소. 당신이 그 마법사요. 나는 기도를 드렸고, 그래서 아오."

너무나 절실하게 도움이 필요한 나머지 글로거를 마법사로 착각했을 뿐이라는 사실을 어떻게 하면 요한에게 납득시킬 수 있을까? 글로거는 한숨을 쉬었다.

"임마누엘, 유대 민족을 돕지 않을 생각이오?"

글로거가 입술을 오므렸다. "생각해보겠습니다, 요한. 우선 잠을 좀 자겠습니다. 아침에 제게 오시면 제가 어찌 할지 알려드리겠습니다."

글로거는 자신과 요한의 역할이 바뀌었다는 사실을 깨닫고 살짝 놀랐다. 이제 글로거가 요한의 선의를 바라는 대신, 요한이 글로거의 선의를 바라는 상황이 되었다

글로거는 유쾌한 기분이 되어 자기 동굴로 돌아갔다. 절로 웃음이 나왔다. 전혀 계획하지 않았는데도 이제 글로거는 힘을 가진 위치에 서게 되었다. 이 힘을 어떻게 써야 할까? 글로거에게 어떤 임무가 있었던가? 역사를 바꾸고 유대인이 로마를 물리치게 하는 자가 될 수도 있지 않을까?

6

"유대인으로 산다는 건 영생을 얻는다는 거지." 에바가 자기 부모님에게 가버린 지 며칠이 지난 뒤에 프리드먼이 칼에게 말했다. "유대인으로 산다는 건 운명을 갖는다는 거야. 그 운명이란 게 단지 살아남는다는 것뿐이긴 하지만 말이야."

프리드먼은 키가 크고 덩치가 컸으며 창백한 얼굴은 살이 쪘고 눈은 냉소적이었다. 그리고 거의 완전히 대머리였다. 두툼한 녹색 트위드 정장 차림을 한 프리드먼은 칼에게 무척이나 너그러웠고 그 대가로 원하는 건 오로지 가끔씩 칼이 자기 이야기를 들어주는 것뿐이었다.

"유대인으로 산다는 건 순교자로 산다는 거야. 셰리 좀 더 들지." 프리드먼은 서재를 가로질러 가더니 칼을 위해 커다란 유리잔에 술을 부었다. "거기서부터 자네는 에바와 잘못된 거야, 이 친구야. 자네는 성공을 감당할 수가 없었던 거라고."

"그게 진실인지 잘 모르겠어요, 제라드. 저는 에바가 저를 있는 그대로 봐주길……."

"자네는 자신이 자신을 보는 방식대로 에바도 그렇게 자네를 봐주길 원한 거야. 에바가 보는 대로 봐주는 대신 말이야. 누가 옳은지 누가 알겠어? 자네는 자신을 순고자로 보지? 안타까운 일이야. 그렇게 사랑스러운 여자를. 그렇게 겁주어 쫓아낼 바에야 차라리 내게 넘기지 그랬어."

"오, 아니에요, 제라드. 저 에바를 사랑했어요!"

"하지만 자네를 더 사랑했지."

"그게 정상 아닌가요?"

"자기 자신을 전혀 사랑하지 않는 사람들도 많아. 자네가 자신을 사랑하는 건 자네가 선택한 거라고."

"꼭 제가 나르키소스라도 되는 것처럼 말하는군요."

"자넨 잘생기지 않았어. 착각하지 말라고."

"어쨌든, 전 이 일이 유대인으로 사는 것과 무슨 관련이 있다고는 생각하지 않아요. 당신과 당신 세대는 유대인이라는 게 무슨 큰 신비로움에 싸인 존재인 것처럼 행동해요. 당신들은 히틀러에게 당한 일로 너무 우려먹고 있어요."

"그럴지도 모르지."

"어쨌든, 저는 사실 유대인이 아니에요. 유대인식 교육을 받으며 크지 않았거든요."

"뭐? 자네 어머니 같은 분이 자네를 유대인으로 키우지 않았다고? 아마 회당에 가지는 않았겠지만, 여러 가지 다른 방식으로……."

"이런, 제라드. 어쨌든 당신은 논점을 흐리고 있어요. 저는 어떻게 하면 에바를 돌아오게 할 수 있는지 고민 중이라고요."

"에바는 잊어버려. 멋진 유대 여자를 찾으라고. 진심이야. 그런 여자라면 자네를 이해할 거야. 결국, 이런 북유럽 여인은 자네가 원하는 그런 유형이 전혀 아니……."

"맙소사! 당신, 인종차별주의자로군요."

"난 그냥 현실주의자일 뿐이야……."

"그 말은 전에도 들었어요."

"좋아, 자네가 굳이 고생을 사서 하겠다면야……."

"그런 거 같아요."

아버지…….

고통스러운 두 눈.

아버지…….

움직이는 입. 그러나 아무 소리도 들리지 않는다.

묵직한 나무십자가가 늪에서 허우적대고, 섬세한 은십자가가 작은 언덕 위에서 그 모습을 지켜본다.
　도와…… 아니야!
　요청하면 안 돼…….
　난 단지…… 안 돼!
　안 돼! 도와줘!
　안 돼.

"정식 종교는 아무 소용도 없어." 술집에서 조니가 칼에게 말했다. 조니는 학부생으로 제라드의 친구였다. "그냥 시대에 안 맞는 거야. 스스로에게서 답을 찾아야 하. 묵상을 통해서 말이야."
　조니는 말랐으며, 언제나 시름에 잠긴 표정을 하고 다녔다. 제라드에 따르면, 조니는 3학년이고 학점이 엉망이었다.
　"자넨 종교의 책임감은 무시한 채 편안함만 누리고 있어." 조니 바로 뒤의 바 걸상에 앉아 있던 프리드먼이 말했다.
　칼이 껄껄거렸다.

조니가 걸상을 빙그르 돌려 제라드 쪽을 바라보았다. "보통 그러지 않나요? 당신은 자기가 무슨 말을 하는지 모르고 있어요. 책임감이라고요? 전 평화주의자예요. 제 신념을 위해 죽을 준비가 되어 있다고요. 당신과는 비교가 안 될 정도로 말이에요!"

"난 그 어떤 믿음도 없……."

"내 말이요!"

칼이 다시 껄껄거렸다. "나는 이 술집에 있는 모두에게 수동적으로 저항하겠어!"

"닥쳐! 난 네가 절대로 발견하지 못할 무엇인가를 발견했다고."

"별로 좋은 효과를 가져온 거 같지는 않은걸." 칼이 잔인하게 내뱉었지만 곧 그 말을 후회하고 조니의 어깨에 손을 얹었다. 하지만 청년은 어깨를 으쓱여 칼의 손을 털어내고는 술집을 떠났다.

칼은 아주 우울해졌다.

"조니는 상관 마." 제라드가 말했다. "늘 저래."

"그게 문제가 아니에요. 조니가 옳았어요. 조니는 자기 믿음에서 무엇인가를 얻었어요. 전 아무것도 발견할 수 없을 듯해요."

"그 편이 건강에는 더 좋아."

"마녀 집회 같은 얘기에 열광하면서 건강 운운하는 건 안 어울려요."

"사람마다 각자의 문제가 있는 법이지." 제라드가 말했다. "한 잔 더 하지그래."

칼이 얼굴을 찡그렸다. "제가 조니를 공격한 건 조니가 절 당황케 했고 제 본색을 드러내게 했기 때문이에요."

"우리 모두는 각자의 문제가 있다니까. 한 잔 더 해."

"좋아요."

덫에 걸렸어. 가라앉고 있어. 나 자신일 수가 없어. 다른 사람의 기대대로 살았어. 그게 모두의 운명일까? 위대한 개인주의자들은 위대한 개인주의자들을 친구로 원하는 위대한 개인주의자 친구들의 산물이었단 말인가?

위대한 개인주의자들은 외로워야만 해. 모든 사람들이 그들을 무적이라고 생각해야 할 필요가 있어. 결국 위대한 개인주의자들은 다른 사람들보다 푸대접을 받아. 존재하지 않는 무엇인가의 상징으로 대접받아. 위대한 개인주의자들은 외로워야만 해.

외로워······.

세상에는 외로워야 할 이유가 언제나 있어.

외로워…….

"음, 제가 원하는 건……."
"네가 뭘 원하는지는 전혀 궁금하지 않아. 넌 거의 1년이나 떠나 있었어. 편지 한 통 없었고. 내가 원하는 건 어쩔 거니? 대체 어디 있었던 거냐? 걱정이 되어 죽을 뻔……."
"절 좀 이해하려고 애써주세요……."
"내가 왜 그래야 하는데? 넌 날 이해하려고 한 적이 있었니?"
"전 애썼어요, 네……."
"말도 안 되는 소리. 이번에는 뭘 원하는 거냐?"
"제가 원하는 건……."
"의사 선생님이 내게 뭐라고 했는지 내가 말해줬니……?"

외로워…….
내가 필요한 건…….
내가 원하는 건…….

"노력하지 않으면 아무것도 얻을 수 없는 법이야. 그리고 노력한다고 해서 늘 뭔가를 얻는 것도 아니고."

칼은 술에 취해 바에 기댄 채, 작고 얼굴이 붉은 남자가 말하는 걸 지켜보았다.

"많은 사람들이 제대로 된 대우를 받지 못하고 있지." 술집 주인이 말을 하고는 껄껄거렸다.

"내 말 뜻은……." 얼굴이 붉은 남자가 천천히 말했다.

"좀 닥치지그래?" 칼이 말했다.

"너나 닥쳐."

"어휴, 너희 둘 다 좀 닥쳐라." 술집 주인이 말했다.

사랑…….

섬세함. 부드러움. 달콤함.

사랑…….

"자네 문제는 말이야, 칼." 하이 스트리트를 따라 마이터로 가면서 제라드가 칼에게 말했다. 제라드는 마이터에서 칼에게 점심을 사기로 했다. "낭만적인 사랑에 목을 맨다는 거야. 날 보라고. 자네가 그렇게 호통치는 목소리로 말했듯이, 난 아주 비비 꼬인 인간이야. 악마 숭배 의식이나 그 비슷한 것들을 보면서 엄청나게 흥분을 하지. 하지만 난 처녀를 도살하기 위해 어슬렁거리지는 않는다 이 말씀이야. 물론 그건 법에 위배되기 때문이기도 해. 하지만 자네의 낭만적인 사랑은 여자들을 나쁜 길로 끌어들인다고. 그리고 그런 자네를 막을 법도 없고. 나는 여자가 검은 베일을 쓰고 있다거나 하지 않는 한은 그 여자를 그렇게 망칠 방도가 없지만 자네와 여자가 서로에게 변함없는 사랑을 맹세하는 한, 자네는 늘 그런 짓을 저질러. 그리고 그 결과는 끔찍하고. 어떤 피해가 일어났는지를 봐! 자네 자신 그리고 자네가 이용한 불쌍한 여자들에게 입힌 피해를 말이야! 정나미가 다 떨어질……."

"평소보다 더 냉소적이군요, 제라드."

"아니! 전혀 그렇지 않아. 나는 진심을 말하는 거야. 내 평생 뭔가에 이렇게 정열을 품어본 적이 없다고! 낭만적 사랑이라니! 난 정말이지 그런 행동을 불법으로 규정하는 법이라도 있어야 한다고 생각해. 끔찍해. 비참하지. 로미오와 줄리엣이 어찌 되었는지 보라고. 그 둘의 운명은 우리 모두가 조심해야 한다는 경고라고."

"어휴, 제라드……."

"여자랑 섹스를 하며 즐기는 걸로만 만족할 수는 없는 거야? 그냥 그렇게 해. 당연하게 받아들이라고. 불쌍한 여자를 나쁜 길로 끌어들이지 말고."

"그쪽을 바라는 건 대개 여자들이라고요."

"정확한 지적이야, 친구."

"사랑을 조금도 믿지 말라는 건가요, 제라드?"

"어이, 칼. 만약 내가 사랑이라는 걸 믿지 않는다면 자네에게 이렇게 경고하느라 수고를 할 거 같아?"

칼이 제라드를 보며 싱긋 웃었다. "당신은 아주 친절해요, 제라드······."

"어이쿠, 맙소사! 제발 부탁이니 그런 말 하지 마, 칼! 내 말 무슨 뜻인지 알아? 만약 한 번만 더 나를 그런 눈으로 본다면 난 지금 먹으러 가는 그 비싼 점심을 자네에게 사주지 않을 거야. 진심이라고."

칼은 한숨을 쉬었다. 칼에게 사욕 없는 애정을 보였던 유일한 사람은 칼이 애정을 보이는 걸 거부하고 있었다. 정말 얄궂었다.

내가 원하는 건······.

내가 필요한 건······.

내가 원하는 건······.

"모니카, 난 부족한 게 있어……."

"뭔데?"

"음, 부족함의 부족함이라는 편이 더 나은 표현이겠네. 무슨 말인지 알아들으려나."

"어이쿠, 맙소사!"

"자기는 감수성이 예민해." 에바가 칼에게 말했다.

"아니, 내가 말했잖아. 난 자기연민이 있다고. 그게 감수성으로 오인되는 거야."

"오, 칼. 왜 자신에게 자비심을 보이지 않는 거야?"

"자비심? 난 그럴 가치가 없는걸."

"뭘 찾고 있는 거야, 칼?" 점심을 먹으며 제라드가 물었다.

"모르겠어요. 아마도 성배이지 싶어요. 에바는 제가 그걸 찾으리라고 생각한 거 같아요."

"안 될 건 또 뭐야? 요즘 그걸 찾으면 한몫 잡을 수 있을걸! 한 병 더 할까?"

"알다시피, 전 순교자가 아니에요, 제라드. 성자도 아니고, 영웅도 아니고, 그렇다고 제대로 부랑자도 아니죠. 전 그냥

저예요. 왜 사람들은 있는 그대로의 저를 받아들이지 못하는 걸까요?"

"칼, 난 자네가 바로 자네이기 때문에 좋아하는 거야."

"그래야 당신이 제게 선심을 쓸 수 있으니까요. 그러니까 당신 말은, 제가 혼란스러워하는 걸 좋아한다는 뜻이잖아요."

"자네 말이 맞을지도 모르지. 한 병 더?"

"좋죠."

제라드는 칼이 심리학을 공부할 수 있도록 학비를 대겠노라고 했다.

"내가 이런 제안을 하는 이유는 단 하나야. 그렇게 하지 않으면 자네한테 무슨 일이 일어날지 걱정이 되기 때문이지." 제라드가 말했다. "이런 식이라면 자네는 가톨릭 신부가 되고 말걸!"

칼은 1년간 수업을 듣고 포기했다. 칼이 공부하고 싶었던 건 융뿐이었는데, 학교는 칼에게 다양한 공부를 요구했다. 하지만 칼은 다른 수업에는 전혀 흥미가 일지 않았다.

하느님?

하느님?

하느님?

응답이 없어.

제라드와 있을 때, 칼은 진지하고, 열심이며 영리했다.

조니와 있을 때, 칼은 우월했고, 조롱을 해댔다.

어떤 이들과 있을 때, 칼은 조용했다. 또 다른 이들과 있을 때는 떠들어댔다. 바보들과 어울릴 때면 바보처럼 행동하면서 행복했다. 존경하는 이들과 어울릴 때면 자신이 통찰력이 있는 말을 할 수 있을 때 행복했다.

"왜 전 여러 사람에게 여러 모습으로 보이는 걸까요, 제라드? 전 단지 제가 누구인지 모를 뿐이에요. 저는 어떤 부류의 사람일까요, 제라드? 전 뭐가 잘못된 거죠?"

"자넨 아마 다른 사람을 기쁘게 하려는 데 너무 열심인 것 같아, 칼."

7

칼은 학교를 포기한 지 얼마 지나지 않은 1962년 여름에 모니카를 다시 만났다. 칼은 온갖 임시직 일을 하고 있었고, 정신적으로 무척이나 지쳐 있었다.

그 당시 모니카는 정신적으로 어려워하던 칼이 그 과정을 헤쳐 나갈 수 있도록 길잡이 역할을 했으며 큰 도움이 된 듯했다.

둘 모두 홀랜드 파크 근처에 살았고, 어느 일요일 둘이 만난 곳도 공원 내 장식정원의 금붕어 연못에서였다.

둘은 그해 여름 거의 매주 일요일마다 홀랜드 파크로 산책을 갔다. 당시 칼은 기독교 신비주의와 융의 기교한 배합에 완전히 빠져 있었다.

융을 멸시하는 모니카는 곧 칼의 모든 생각을 모욕하기 시작했다.
비록 모니카는 칼의 생각을 바꾸는 데 성공하지 못했지만, 칼을 혼란스럽게 하는 데는 쉽사리 성공했다.
둘이 섹스를 하기 6개월 전이었다.

잠에서 깬 글로거는 요한이 서서 자기를 내려다보는 것을 깨달았다. 수염이 덥수룩한 세례자 요한은 초조한 표정을 짓고 있었다.
"자, 임마누엘?"
글로거가 수염을 긁적이고는 고개를 끄덕였다. "알았습니다, 요한. 당신을 위해 돕겠습니다. 저를 돌봐주셨고, 제 목숨을 구해주셨으니 말입니다. 하지만 그 대신, 제 전차를 가능한 한 빨리 이곳으로 가져와주시겠습니까? 고칠 수 있는지 한번 살펴보고 싶습니다."
"알겠소."
"하지만 제 능력에 너무 큰 기대를 하시면 안 됩니다, 요한……."
"나는 당신 능력에 완전한 신뢰를 보내고 있소……."
"실망하지 않으셨으면 좋겠군요."

"그러지 않을 거요." 요한이 글로거의 팔을 잡았다. "내일 나에게 세례를 해주시오. 그래서 아도나이께서 우리와 함께한다는 것을 사람들에게 보여주시오."

글로거는 세례자 요한이 자신의 능력에 신뢰를 보내는 게 여전히 걱정스러웠지만 더는 뭐라 할 말이 없었다. 만약 다른 이들도 세례자 요한처럼 글로거를 신뢰한다면 어쩌면 뭔가를 할 수 있을지도 몰랐다.

글로거는 전날 밤의 흥분을 느꼈고, 자신도 모르게 다시금 입에서 웃음이 새어 나왔다.

세례자 요한은 껄껄 웃기 시작했다. 처음엔 확신 없는 웃음이었지만 곧 호탕한 웃음소리로 바뀌었다.

글로거 역시 소리 내어 웃기 시작했다. 도저히 웃음을 참을 수가 없었고, 숨을 쉬기 위해 간간이 웃기를 멈춰야 할 정도였다.

자신이 세례자 요한과 더불어 그리스도를 위한 길을 닦아야 한다는 게 너무나도 앞뒤가 맞지 않았다.

하지만 그리스도는 아직 태어나지 않았다.

십자가형이 일어나기 1년 전인 이때, 어쩌면 글로거는 이미 이 사실을 이해하기 시작했을지도 모른다.

말씀이 사람이 되셔서 우리와 함께 계셨는데 우리는 그분의 영광을 보았다. 그것은 외아들이 아버지에게서 받은 영광이었다. 그분에게는 은총과 진리가 충만하였다. 요한은 그분을 증언하여 외치기를 "그분은 내 뒤에 오시지만 사실은 내가 나기 전부터 계셨기 때문에, 나보다 앞서신 분이라고 말한 것은 바로 이분을 두고 한 말이다." 하였다.

〈요한 복음〉 1장 14-15절

불쾌할 정도로 더웠다.

둘은 카페의 차양 아래에 앉아서 멀리서 하는 크리켓 경기를 지켜보았다.

둘 근처 풀밭에는 소녀 두 명과 소년 한 명이 앉아서 플라스틱 컵에 담긴 오렌지 음료를 마시고 있었다. 무릎에 기타를 얹고 있던 소녀 하나가 컵을 내려놓더니 연주를 하며 높고 부드러운 목소리로 민요를 부르기 시작했다.

칼은 가사 내용에 귀를 기울였다. 대학에 다니며 칼은 전통 민요를 좋아하게 되었다.

"기독교는 죽었어." 모니카가 차를 홀짝이며 말했다. "종교는 죽어가고 있어. 신은 1945년에 살해됐어."

"하지만 부활이 있을 거야." 칼이 말했다.

"꿈도 꾸지 마. 종교는 공포의 산물이었어. 지식이 공포를 파괴했지. 공포가 없으면 종교는 살아남을 수가 없어."

"요즘에는 공포가 없다는 듯이 말하네."

"종류가 달라, 칼."

"그리스도의 개념에 대해 생각해본 적 없지?" 칼이 방향을 바꿔 물었다. "기독교인에게 그 뜻이 뭔 거 같아?"

"마르크스주의자에게 트랙터가 의미하는 것과 같은 거지." 모니카가 대답했다.

"하지만 뭐가 먼저일까? 그리스도라는 개념일까 아니면 그 존재일까?"

모니카는 어깨를 으쓱해 보였다. "존재가 먼저겠지. 순서가 중요하다면 말이야. 예수는 로마에 대항해 반란군을 조직하던 유대 골칫덩어리였지. 그 대가로 십자가에 못 박혔고. 그게 우리가 아는 전부고, 또한 알아야 할 전부야."

"위대한 종교가 그렇게 간단히 시작될 수는 없는 법이야."

"필요하기만 하면 전혀 있을 법하지 않은 시작점에서도 훌륭한 종교를 만들어낼 수 있어."

"내 말이 바로 그거야, 모니카." 칼은 열심히 손짓을 해대며 자기 뜻을 표현했고, 그 때문에 모니카는 살짝 뒤로 몸을 비켰다. "그리스도에 대한 '개념'이 '존재'보다 앞섰단 말이야."

"오, 칼, 말도 안 돼. '예수'의 존재가 '그리스도'의 개념에 앞섰어."

둘이 논쟁을 벌이는 동안 연인 한 쌍이 지나가며 호기심 어린 눈으로 둘을 힐긋거렸다.

모니카가 이를 알아차리고 조용히 했다.

"왜 그렇게 종교를 평가절하고 융을 비웃지 못해 안달인 거야?" 칼이 말했다.

모니카가 일어났다. 칼도 따라 일어났지만 모니카는 고개를 설레설레 흔들었다.

"난 집에 갈 거야, 칼. 넌 여기 있어. 며칠 있다가 보자."

칼은 모니카가 넓은 길을 따라 공원 문으로 향하는 모습을 지켜보았다. 칼은 생각했다. 어쩌면 자신이 모니카와 어울리기를 즐기는 건 자신만큼이나 그녀가 격렬히 논쟁할 준비가 되어 있기 때문이라고. 아니, 자신만큼은 아닐지라도 버금가기는 하기 때문이라고.

흡혈귀들.

우리는 어울리는 한 쌍이야.

이튿날, 일을 마치고 집에 돌아온 칼에게 편지가 한 통 와 있었다.

모니카는 칼과 헤어지고 난 뒤에 편지를 써서 그날 바로 부친 게 분명했다. 칼은 봉투를 열고 편지를 읽기 시작했다.

칼에게

대화가 네게는 그리 큰 효과가 없는 거 같아. 넌 상대방이 전하고자 하는 내용에는 관심이 없고, 그냥 목소리의 음색과 단어의 리듬을 듣는 것 같아.

너는 감수성이 강한 동물 같은 느낌이 없잖아 있어. 상대가 무슨 말을 하는지 이해할 수는 없지만 그 말을 통해 상대가 화가 났는지 기쁜지는 알아들을 수 있는 그런 동물 말이야. 그래서 이렇게 편지를 쓰는 거야. 내 생각을 네게 전달하려고 말이야. 우리가 함께 있을 때면 넌 너구 감정적으로 반응을 하니까.

이 대목에서 칼은 싱긋 웃었다. 칼이 모니카와 어울리기를 그토록 즐기는 이유 가운데 하나는 대부분의 경우 모니카의 반응이 격렬하기 때문이었다.

넌 기독교라는 게 마치 예수의 죽음에서 복음서가 쓰였던 그 몇 년 사이에 나타나 발전한 거라고 오해하고 있어. 하지만 기독교는 새로운 게 아니야. 단지 이름만 새것일 뿐이야. 기독교는 서양 논리와 동양의 신비주의가 만나 상호 교배하고 변성되는 장을 제공했을 뿐이야. 지난 세월 동안 그 종교가 어떻게 변해왔는지를, 시대에 맞춰 자신을 어떻게 재해석해왔는지를 살펴봐. 기독교는 옛날 신화들과 철학들의 잡탕에 지나지 않아. 복음서가 전하는 건 단지 그리스와 로마 시대로부터 전해 내려오는 태양 신화와 잡다한 개념에 불과해.

심지어 서기 2세기밖에 안 되었을 때조차 유대 학자들은 기독교가 완전 잡탕이라는 사실을 증명했어!

그 사람들은 여러 태양 신화들과 그리스도 신화 사이의 강력한 유사성을 지적했어. 기적은 일어나지 않았어. 뒤에 여기저기서 빌려와 날조한 거야.

기독교 사상을 예견했기 때문에 플라톤이 진짜 기독교인이라고 주장했던 빅토리아 시대의 학자들 기억해?

기독교 사상!

기독교 사상은 그리스도가 나타나기 훨씬 전부터 돌고 돌던 개념이었어. 마르쿠스 아우렐리우스가 기독교인이었나? 그 사람은 서양 철학의 적통을 이어받아 글을 썼어. 바로 그게 기독교 사상이 동양이 아닌 유럽에서 번성한 까닭이라고!

넌 정신분석의가 되려고 애쓰는 대신 편견에 가득 찬 신학자가 됐어야 해. 네 친구인 융도 마찬가지고.
　네 머릿속에 든 그 모든 음침한 난센스는 잊어버려. 그러면 네 삶이 훨씬 더 나아질 거야.

모니카가

칼은 편지를 구겨 던졌다. 그날 저녁, 칼은 편지를 다시 보고 싶은 유혹이 들었지만 그 유혹을 물리쳤다.

타임머신은 낯설어 보였다. 아마도 에세네파의 원시적인 삶을 사는 데 익숙해졌기 때문인 듯했다. 에세네파 사람들 눈에 타임머신의 깨진 구는 낯설게 다가왔고, 글로거의 눈에도 역시 마찬가지였다.

글로거는 바깥에서 기밀문을 작동시키는 단추를 만져보았지만 아무 일도 일어나지 않았다.

글로거는 깨진 틈을 통해 안으로 기어 들어갔다. 이미 알고 있던 사실이었지만 액체는 모두 사라지고 없었으며, 액체가 충격 방지제 역할을 해주지 않는다면 시간을 관통해 가는 도중에 죽고 말 터였다.

세례자 요한은 글로거가 자기 전차를 타고 도망갈까 두렵다는 듯이 안을 힐끔 들여다보았다.

그런 요한을 보며 글로거는 싱긋 웃어 보였다. "걱정 마십시오, 요한."

모든 게 고장 난 상태였다. 모터는 아무 반응도 없었고 설사 케이스를 벗기고 안을 들여다본다 할지라도 글로거는 기술자가 아니기에 모터를 고칠 수가 없었다. 작동하는 기기는 하나도 없었다. 타임머신은 고장 나 있었다.

헤딩턴이 다른 타임머신을 만들어 글로거를 구하러 오지 않는다면 그는 영원히 이 시대에 표류할 운명이었다.

그 생각은 글로거에게 충격으로 다가왔다.

글로거는 아마도 20세기를 다시 보지 못할 터였으며, 자신이 목격한 바를 증언할 수도 없을 터였다.

두 눈에서 눈물이 흘렀다. 글로거는 요한을 밀치고 비틀거리며 타임머신에서 빠져나왔다.

"무슨 일이오, 임마누엘?"

"내가 여기서 뭘 하고 있는 거지? 내가 여기서 뭘 하고 있는 거지?" 글로거는 영어로 외쳤다. 단어들이 거친 목소리로 흘러나왔다. 이 역시 낯설었다. 대체 그에게 무슨 일이 일어나고 있는 거란 말인가?

글로거는 이 모든 일이 환상은 아닐까, 길고 긴 꿈은 아닐까 하는 의심이 들기 시작했다. 이제 글로거에게 타임머신이라는 개념은 완전히 터무니없게 다가왔다. 시간 여행이란 불가능했다.

"오, 하느님." 글로거가 신음했다. "무슨 일이 벌어지고 있는 겁니까?"

다시, 글로거는 자신이 완전히 버려졌다는 느낌에 휩싸였다.

8

나는 어디에 있는가?
  나는 누구인가?
  나는 어떤 존재인가?
  나는 어디에 있는가?

"시간과 본질." 헤딩턴은 열을 올리며 말하곤 했다. "이 둘은 크나큰 수수께끼입니다. 각도, 곡선, 부드럽고 단단한 전망. 여러분 눈에는 뭐가 보입니까? 어느 특정한 방식으로 보는 우리는 어떤 존재일까요? 우리가 무엇이 될 수 있었으며 무엇이었을까요? 이 모든 것은 시간의 뒤틀림과 굴곡에 닿아 있습니다. 저는 시간을 공간의 일개 차원으로 다루면서 공간으로 은유해 설명하는 이론을 끔찍이 혐오합니다. 그 따위 주장이나 해대니 아무것도 모르는 게 당연하지요. 시간은 공간과 아무런 관련이 없습니다. 시간은 정신과 관련이 있는 겁니다. 아아, 어쩌나! 아무도 이를 이해하지 못합니다. 여러분마저도요."

모임의 다른 멤버들은 헤딩턴을 괴짜라고 생각했다.

"시간의 본질을 제대로 이해하는 사람은 오로지 저뿐입니다……." 헤딩턴이 나직하면서도 진지한 목소리로 말했다.

"그런데 말이죠." 리타 블렌 부인이 단호히 말했다. "이제 차 마실 시간인 거 같은데, 아닌가요?"

다른 멤버들이 열광적으로 찬성을 보냈다.

리타 블렌 부인은 좀 무딘 구석이 있었다. 마음에 상처를 입은 헤딩턴이 일어나 자리를 떠났다.

"오, 이런." 부인이 말했다. "오, 이런……."

하지만 어떤 사람들은 그런 부인 때문에 불쾌했다. 어찌 되었든 헤딩턴은 유명했으며, 모임에 명성을 안겨주었다.

"헤딩턴이 돌아왔으면 좋겠는데." 칼이 중얼거렸다.

칼은 청소년 시절부터 편두통으로 고생을 했다. 현기증을 느꼈고, 구토를 했으며, 너무나 고통스러워 어쩔 줄을 몰라 했다.

편두통이 엄습한 동안 칼은 자신이 다른 존재가 된 척하기 시작했다. 책에서 읽은 등장인물 또는 현재 뉴스의 화제가 되는 정치가, 또는 만약 최근에 전기를 읽었다면 거기에 나오는 역사 속 인물이 되었다고 가정했다.

그들 모두에게 공통으로 있는 것은 불안감이었다. 《승리》† 의 주인공 헤이스트는 섬으로 오는 세 명의 남자 때문에 늘 고민했고, 어떻게 하면 그자들이 오지 못하게 막을 수 있을지, 가능하다면 어떻게 그들을 죽일 수 있을지 고민했다(하지만 콘래드 작품의 주인공인 척하기에는 다소 성격이 섬세하지 못했다). 러시아 혁명의 역사에 대해 읽은 뒤에는 자기 이름을 교통 및 전신 장관인 지노니예프로 확신하게 되었다. 지노니예프는 1918년의 혼란을 잠재웠으며 만약 그 과정에서 조심하지 않으면 몇 년 뒤에 숙청당하리라는 사실을 잘 알았던 인물이다.

칼은 자주 어두운 방에 누워 있었다. 머리는 지끈거렸고, 제대로 잠을 이룰 수가 없었다. 자신을 사로잡은 완벽한 가상의 문제들을 해결할 방안을 찾을 수 없었기 때문이다. 칼은 누군가가 그가 누구이며 있는 곳이 어디인지 알려주지 않으면 자

---

† 폴란드 태생의 영국 작가 조지프 콘래드의 소설 제목.

신이 누구인지, 어디에 있는지 완전히 잊곤 했다.

칼이 그 사실을 말했을 때 모니카는 흥미를 보였다.

모니카가 말했다. "언제고 잠에서 깨었을 때 네가 누구냐고 물어봐. 그럼 난 말 안 해줄 거야!"

"정말 잘난 정신과 전문 사회복지사라니까!" 칼이 소리 내어 웃었다.

둘 모두 이런 가벼운 환각을 걱정하지 않았다. 칼은 하루하루를 그냥저냥 살아갔으며, 자신이 사귀는 이를 위해 자신의 역할에 약간씩 변화를 주는 것을 제외하고는 그 과정에서 겪는 비정상적인 정신분열증 증세에 별 신경을 쓰지 않았다.

가끔 칼은 그에 대해, 자신의 개성 위에 다른 사람들의 개성이 더해지는 게 어떤 것인지 생각해보곤 했다.

어느 술집에서 술에 취한 칼은 갑자기 일어서더니 팔을 마구 흔들며 쿵쿵 뛰었고, 모니카를 보며 씨익 웃었다. "날 봐." 칼이 말했다. "봐, 원래의 산호섬은……."

모니카는 화난 듯이 인상을 썼다. "지금 뭐 하는 거야? 너 때문에 쫓겨나겠어."

"나는 그냥 바다 너머에서 온 사람, 나는야 선원 바나클 빌이라네." 칼이 노래했다.

"넌 술을 못 이길 정도로 많이 마셔, 칼. 그게 네 문제야……."

"난 술에 안 취해. 그게 문제지."

"어이, 당신 지금 무슨 짓을 하는지는 아는 거야?" 칼이 어쩌다가 팔꿈치를 살짝 밀었던 남자가 말했다.

"나도 모르지. 알았으면 좋겠어, 친구."

"가자, 칼." 모니카가 일어나 칼의 팔을 끌었다.

"세상 모든 사람의 삶이 나를 위축시켜." 모니카에게 끌려 나가면서 칼이 말했다.

술집과 침실. 침실과 술집. 칼은 인생 대부분을 어두침침한 곳에서 보내는 듯했다. 심지어 서점조차 침침했다.

물론 볕이 좋거나 환한 겨울날에는 외출을 하기도 했다. 하지만 칼의 기억 속 모니카는 늘 이런저런 종류의 시커먼 배경을 하고 있었다. 둘은 영국 특유의 울적하고 무거운 하늘 아래에서 질퍽한 눈을 터벅터벅 밟으며 공원을 산책했다.

여름에 처음 만난 뒤 같이 자기 전까지는 실제 시각이 어찌 되었든, 둘이 있을 때는 황혼 무렵처럼 느껴졌다.

한번은 칼이 이렇게 말했다. "내 마음은 황혼 같아……."

"그게 음산하다는 뜻이라면, 맞는 말이야." 모니카가 대답했다.

칼은 모니카의 말을 무시했다. "내 생각에는 어머니 때문이야. 어머니는 현실을 제대로 직시한 적이 한 번도 없었어……."
 "네가 사물을 직면한다고 해도 크게 잘못될 건 없어. 넌 그냥 자기애가 과도할 뿐이야."
 "어떤 사람은 내가 자기혐오가 너무 심하다고 했는데……."
 "여하튼 자기 자신에 너무 집착하는 거지."

칼은 할례를 한 자기 성기를 쥐고 애정 어린 다정한 시선으로 그것을 바라보곤 했다.
 "세상에 친구는 너뿐이야. 내게 친구는 너뿐이야."
 종종 칼의 생각 속에서 그것은 자신의 개성을 띤 개체가 되곤 했다. 유쾌한 친구. 쾌락을 주는 존재. 하지만 늘 칼을 문제로 끌어들이는 꼬맹이.

부드러운 은십자가들이 빛나는 바다 위를 퍼져나간다.
 쿵!
 하늘에서 나무십자가들이 떨어졌다.
 쿵!
 수면이 요동치고, 은십자가들이 흔들리며 뿔뿔이 흩어진다.

"왜 난 내가 사랑하는 것을 모두 파괴하는 걸까?"
 "오, 맙소사! 제발 십대 때나 늘어놓는 그 따위 감상적인 주제는 그만둬, 칼!"

쿵.

아라비아의 모든 사막을 가로질러 나는 내 길을 간다. 뜨거운 태양을 견디며, 나만의 하느님을 찾아서.

"시간과 본질. 이 둘은 크나큰 수수께끼······."

나는 어디에 있는가?
 나는 누구인가?
 나는 어떤 존재인가?
 나는 어디에 있는가?

9

과거의 5년.

거의 2천 년의 미래를 관통한 시간.

뜨겁고 땀에 전 침대에서 모니카와 누워 있다.

평범한 사랑을 나누려던 또 한 번의 시도는 점차 살짝 이상한 방향으로 흘렀고, 그러한 행동에 모니카는 더욱 큰 만족을 느끼는 듯이 보였다.

이들의 진정한 구애와 충족은 아직 이루어지지 않은 상태였다. 평소처럼, 말다툼이 있을 터였다. 평소처럼 클라이맥스는 말다툼에 있을 터였다.

"이번에도 만족하지 못했다고 말할 거 같네." 어둠 속에서 칼이 건네준 불붙인 담배를 받아 들며 모니카가 말했다.

"난 괜찮아." 칼이 말했다.

둘이 담배를 피우는 동안 잠시 정적이 흘렀다.

결국, 그리고 그렇게 하면 어떤 결과를 불러올지 잘 알면서도 칼은 말을 하고야 말았다.

"참 얄궂지?" 칼이 입을 열었다.

칼은 모니카의 대답을 기다렸다. 하지만 모니카는 잠시 아무 반응도 보이지 않았다.

"뭐가?" 마침내 모니카가 말했다.

"이 모든 게. 넌 낮에는 신경증 환자들의 섹스 문제를 도우려 애쓰잖아. 그리고 밤이 되면 그 사람들이랑 똑같아지고."

"똑같은 건 아니지. 다 정도 차는 있으니까."

"그렇게 말해서 마음이 편하다면, 뭐."

칼은 고개를 돌려 창문을 통해 흘러나오는 빛을 받고 있는 모니카의 얼굴을 보았다.

모니카는 붉은 머리에 수척했으며, 침착했고, 정신과 사회복지사 특유의 설득력 있는 목소리를 가지고 있었다. 부드럽고, 이성적이면서 동시에 위선적인 목소리였다. 가끔, 모니카가 특히 동요했을 때만 목소리에 그녀의 특성이 드러났다.

모니카의 이목구비는 절대로 쉬는 법이 없는 것 같다고 칼은 생각했다. 심지어 잘 때조차 마찬가지였다. 눈은 언제나 경계를 늦추지 않아서, 무의식적으로 자연스럽게 움직이는 경우도 드물었다. 온몸 구석구석에서 경계의 태세를 늦추지 않았는데, 평범한 체위에서 별 기쁨을 느끼지 못하는 건 아마도 그 때문인 듯했다.

칼이 한숨을 쉬었다.

"그냥 긴장을 풀고 있는 그대로의 너를 받아들일 수는 없겠니?"

"어이쿠, 닥쳐, 칼. 신경증 환자를 찾고 있는 거라면 거울이나 한번 보지그러셔."

둘은 정신의학 용어를 거리낌 없이 사용했다. 그런 식으로 뭔가를 지칭하는 편이 둘 다 맘이 편하고 좋았다.

칼은 모니카에게서 몸을 돌려 협탁에 놓인 재떨이를 잡았고, 그 순간 화장대 거울에 비친 자기 모습을 힐긋 보았다.

창백하고, 열심이며, 변덕스러운 유대인 성직자가 있었다. 머리는 해결되지 않은 망상과 이미지로 가득 찼으며, 몸은 상반되는 감정들로 가득했다. 칼은 모니카와 논쟁을 하면 언제나 졌다. 적어도 말을 하는 면에서는 모니카가 주도권을 쥐고 있었다.

이런 식의 역전 관계는 종종 칼에게, 최소한 대부분의 경우에는 자기가 주도권을 쥐는 성관계보다 더 잘못되어 보였다. 이 순간, 칼은 자신이 본질적으로 수동적이고 피학적이며 우유부단하다고 결론지었다. 심지어 요즘에는 화를 내는 것조차 제대로 안 될 때가 잦았다.

모니카는 칼보다 열 살 더 많았고, 열 살 더 모질었다. 칼은 모니카가 자신보다 더 활동적이라고 믿었다. 하지만 모니카는 직업 면에서 여러 가지 커다란 실패를 겪었다. 모니카는 겉으로는 점차 냉소적이 되어갔지만, 속으로는 자신이 환자들에게 커다란 도움이 되길 원했다.

칼은 자신들이 너무나 많은 일을 하려는 게 문제라고 생각했다. 신부들은 고해실에서 만병통치약을 제공하고, 정신과 의사는 치료를 하려 애쓰지만 대부분은 실패를 했다. 하지만 최소한 이들은 애를 썼고, 결국 그게 미덕이 아닐까 하고 칼은 생각했다.

"내 모습을 봤어." 칼이 말했다.

모니카는 자고 있는 건가?

칼이 몸을 돌렸다.

모니카는 경계심 어린 눈을 여전히 뜨고서 창문 밖을 보고 있었다.

"내 모습을 봤어." 칼이 반복해 말했다. "융이 한 식으로 말이야. '만약 나 자신이 도망자이고 또한 노이로제로 고생을 한다면 내가 어떻게 다른 이들을 도울 수 있겠는가?' 융은 자신에게 이렇게 물었지······."

"그 구닥다리 선정주의자. 자신의 신비론에 도취한 구닥다리 합리주의자. 네가 정신과 의사가 되지 못하는 게 전혀 이상하지 않아."

"나는 그냥 능력이 안 되었을 뿐이야. 융과는 아무런 관련이……."

"괜히 나한테 화풀이하지 마……."

"난 사람들을 돕고 싶었어. 단지 방법을 못 찾았을 뿐이야. 너도 나와 같은 생각이라고 말했잖아. 그리고 넌 그게 쓸데없다고 생각하고."

"나처럼 일주일 동안 열심히 일하고 나면 그렇게 말해도 되지. 담배 한 대 더 줘."

칼은 협탁 위에 있는 담뱃갑을 열고, 입에 담배 두 대를 물고 불을 붙여 하나를 모니카에게 건넸다.

거의 무의식적으로, 칼은 긴장이 고조되는 것을 느꼈다.

언제나처럼 이번 논쟁도 아무 의미가 없었다. 하지만 중요한 건 논쟁 그 자체가 아니었다. 그것은 단지 근본적 관계의 표현이었다. 하지만 칼은 그것 역시 중요하지 않을지도 모른다고 생각했다.

"넌 진실을 말하지 않고 있어." 이제 의식이 절정을 향해 가고 있기에 칼은 중도에서 멈출 수 없다는 걸 잘 알았다.

"나는 현실적인 진실을 말하고 있어. 나는 내 일을 포기하고 싶은 마음이 없어. 그만해. 난 실패하고 싶지 않아……."

"실패라고? 나보다 더 감상적이잖아!"

"넌 너무 진지해, 칼. 넌 달라지고 싶은 거잖아."

칼이 코웃음 쳤다. "내가 너라면, 난 일을 포기할 거야, 모니카. 나처럼 너도 그 일에 안 맞아."

모니카는 어깨를 으쓱해 보이더니 시트를 잡아당겼다. "너 참 한심하다."

"혹시 몰라 하는 말인데, 난 널 질투하는 게 아니야. 내가 뭘 찾는 건지 넌 절대로 알지 못할 거야."

모니카가 차가운 웃음을 날렸다. "영혼을 찾아다니는 현대인이다 이거야? 내가 보기에는 가랑이를 찾아다니는 현대인 같은걸. 그리고 어느 쪽이든 넌 원하는 걸 선택할 수 있어."

"우리는 세상을 유지하는 신화들을 부수고 있어."

"그래, 그리고 이제 이렇게 말하겠지. '우리는 그 자리들을 무엇으로 대체하고 있는가?' 넌 진부하고 멍청해, 칼. 넌 그 어떤 것도 이성적으로 바라본 적이 없어. 너 자신을 포함해서 말이야."

"그게 뭐? 넌 신화는 중요하지 않다고 말하잖아."

"그걸 창조하는 실재가 중요한 거야."

"융은 신화 역시 실재를 창조할 수 있다는 걸 알았어."

"그게 바로 융이 멍청이라는 증거야."

칼은 다리를 뻗었다. 그러는 중에 칼의 다리가 모니카의 다리에 닿자 그는 움찔했다. 칼이 머리를 긁적였다. 모니카는 여전히 누워서 담배를 피웠지만 이제 싱긋 웃고 있었다.

"이리 와." 모니카가 말했다. "예수가 주장했던 걸 좀 해보자."

칼은 아무 말도 하지 않았다.

모니카는 꽁초를 칼에게 건넸고, 칼은 그것을 재떨이에 넣었다. 칼은 손목시계를 보았다.

새벽 두 시였다.

"우리는 왜 그걸 하는 걸까?" 칼이 말했다.

"해야만 하니까."

모니카는 칼의 머리 뒤에 한 손을 넣고 자기 가슴 쪽으로 잡아당겼다. "달리 우리가 할 수 있는 게 뭐가 있겠어?"

칼은 울기 시작했다.

승리감에 젖어 너그러워진 모니카는 칼의 거리를 쓰다듬으며 부드럽게 속삭였다.

10분 뒤, 칼은 모니카와 맹렬히 사랑을 나누었다.

이윽고 몇 분 뒤, 칼은 다시금 울고 있었다.

배반.

칼은 자신을 배반했고, 그래서 배반당했다.

"난 사람들을 돕고 싶어."
"우선 사람들이 널 돕게 해야 할 거야."
"오, 모니카. 모니카."

우리 프로테스탄트는 조만간 다음 질문에 대면해야만 한다. 우리는 그리스도의 삶, 또는 이런 표현을 써도 된다면, 그리스도의 치욕을 흉내 낸다는 의미에서 '그리스도의 모방'을 이해할 수 있을 것인가? 아니면 좀 더 깊은 의미에서, 우리는 그리스도가 예정된 삶을 충실히 살았던 것처럼 우리의 삶을 제대로 살아갈 수 있을 것인가? 그리스도를 모델로 사는 삶은 쉽지 않다. 하지만 그리스도가 살았던 것처럼 진실되게 사는 삶은 말할 수도 없이 더 어렵다. 이렇게 하는 이라면 그 누구든 〔……〕 오해와 조롱을 받으며, 고문을 받고 십자가에 못 박힌다. 〔……〕 신경증은 인격의 분열이다.

융, 《영혼을 찾는 현대인》

외로워…….
나는 외로워…….

"그래, 그 인간이 죽었다는 거구나? 살아 있는 동안 내게 땡전 한 푼 안 줬다. 널 보러 온 적도 없고. 그런데 이제 네게 사업을 물려줬구나."

"엄마, 그건 서점이에요. 그리고 아마 잘되는 곳도 아닐 거고요."

"서점! 참으로 그 사람답네. 서점이라니!"

"원하신다면 팔아버릴게요, 엄마. 그리고 그 돈을 드릴게요."

"아주 고맙구나." 칼의 어머니가 비꼬아 말했다. "됐다, 그냥 네가 가지고 있어. 그럼 어쩌면 이제부터 내게 돈을 안 빌리게 될 수도 있을 테니까."

"그 사람들이 더 일찍 알려주지 않은 게 이상해요." 칼이 말했다.

"장례식에 우리를 부르고 싶지 않았나 보지."

"불렀으면 가셨을 건가요?"

"그 사람은 내 남편이었잖니. 네 아버지고."

"우리가 사는 곳을 알아내느라 시간이 좀 걸려서 제때 연락을 하지 못한 것 같아요."

"런던에 글로거라는 성을 가진 사람이 얼마나 된다고."

"그건 그렇네요. 그러니까 생각이 났는데, 어머니가 아버지 소식을 한 번도 못 들은 게 이상해요."

"내가 왜 그 사람 소식을 들어야 하는데? 전화번호부에도 올라 있지 않았단다. 그 가게 이름이 뭐니?"
"만다라 서점이요. 그레이트 러셀 스트리트에 있어요."
"만다라? 무슨 이름이 그 따위냐?"
"신비주의에 관련된 책들을 파는 곳이에요."
"흠, 그럼 넌 네 아버지 뒤를 이을 게 분명하구나. 난 늘 네가 네 아버지 뒤를 이을 거라고 말했단다."

칼은 아버지 소유의 책들 사이를 걸었다. 서점의 앞쪽은 비교적 깔끔했다. 책들은 좁은 공간에 빽빽이 들어찬 서가에 잘 정돈되어 있었다. 하지만 서점 뒤쪽은 지저분한 책상 주변으로 책 더미가 천장까지 쌓여 있어 금방이라도 무너질 듯 위태로워 보였다.
 심지어 지하실에도 책들이 마구잡이로 쌓여 있었으며, 책들 사이로 난 통로는 미로처럼 구불거렸다.
 칼은 정리를 포기했다.
 결국 칼은 책들을 원래 자리에 그대로 둔 채 서점 중심부만 약간의 변형을 주었고, 위층에 자기 가구 몇 점을 들인 뒤 모든 정리를 끝낸 걸로 마음먹었다. 뭔가를 바꿔야 할 이유가 뭐가 있단 말인가?

칼은 우연히 존 프라이라는 사람이 자가출판한 시를 발견했다. 서점에서 일하는 이상한 여자는 그게 그의 아버지가 쓴 시라고 말했다. 칼은 몇 작품을 읽어보았다. 비록 상징과 비유는 넘쳤지만 잘 쓴 작품들은 아니었으며, 칼 자신의 성격을 너무나도 드러내는 것처럼 보여서 그리 오래 참고 읽을 수가 없었다.

"웃기는 늙은이였지." 술을 마신 듯 얼굴이 불콰해 보이는 뚱뚱한 손님이 말했다. 흑마술 예식에 대한 책을 사러 온 자였다. "약간 머리가 어떻게 된 사람 같았는데. 내가 보기엔 못된 늙은이였어. 늘 사람들에게 고함을 질러댔고. 가게 뒤쪽에서 논쟁하는 소리가 여기까지 흘러나왔지. 그 사람과 알고 지냈나?"

"잘 알지는 못해요." 칼이 말했다. "이제 꺼져주시지요!"

칼이 기억하기로, 그것은 그가 한 최초의 용감한 행동이었다. 상대가 뭐라고 지껄이며 가게를 나서는 모습을 보며 칼은 싱긋 웃었다.

서점 주인으로 있던 처음 몇 달, 칼은 자신이 능력 있는 인물이라는 자신감에 차 있었다. 하지만 청구서들이 날아오고 골치 아픈 손님들을 다뤄야 하게 되면서 자신감은 점차 사라졌다.

글로거는 동굴에서 깨어나 큰 소리로 말했다. "나는 여기와 관계없는 사람이야. 내가 여기 존재하는 건 불가능해. 시간여행 따위는 불가능하다고."

하지만 그렇게 말하는 자신도 그 말을 믿을 수 없었다. 이런저런 꿈과 기억 때문에 푹 잘 수가 없었다. 심지어 글로거는 그 기억들이 진짜인지조차 확신할 수 없었다. 정말 그는 다른 곳, 다른 시간대에 존재했던 걸까?

글로거는 일어나 아마포 허리감개를 허리에 두르며 동굴 입구로 갔다.

아침 하늘은 잿빛이었고 태양은 아직 뜨지 않았다. 강을 향해 가는 동안 맨발 아래 밟히는 흙이 차가웠다.

강에 도착한 글로거는 세수를 하기 위해 몸을 숙이다가 어두운 물에 비친 자기 모습을 보았다. 검은 머리는 길고 산발인 데다, 수염은 턱을 완전히 뒤덮고 있었으며 눈빛에는 약간 광기가 돌았다. 외모만 봐서는 글로거가 에세네파 사람이 아니라고 말할 수 있는 사람은 아무도 없었다. 다른 점은 그의 생각뿐이었다. 하지만 에세네파 사람들의 상당수가 하는 생각은 이상하기 짝이 없었다. 그리고 자신을 미래에서 온 방문객이라고 믿는 글로거의 생각 역시 에세네파 사람들의 생각보다 더하면 더했지 못하지는 않았다.

글로거는 찬물로 얼굴을 씻으며 몸서리를 쳤다.

타임머신은 존재했다. 글로거는 바로 어제 그것을 보았다. 그게 증거였다.

글로거는 몸을 일으키며 생각했다. 어쨌든 이런 생각은 다 쓸데없어. 이런 생각을 한다고 달라지는 게 없잖아. 방종일 뿐이야.

한편, 글로거가 위대한 마법사라고 믿는 요한의 믿음은? 세례자 요한과 함께하며 자신이 사람들에게 능력을 보여줄 거라고 요한이 계속 믿게 해야 하는 걸까? 혁명을 기다리는 사람들의 흔들리는 믿음을 다지기 위해 요한이 자신을 이용하게 허용하는 것이 과연 옳은 일일까?

상관없는 일이었다. 글로거는 이곳에 있었고, 그에게 현실은 바로 지금이었으며, 달리 할 수 있는 일은 아무것도 없었다. 가능하다면 글로거는 살아남아야 했다. 그래서 1년 뒤 예수가 십자가형을 받는 걸 보아야만 했다. 만약 그게 진짜로 일어난 일이라면 말이다.

왜 글로거는 그토록 십자가형에 집착을 한 걸까? 왜 그것이 예수의 신성을 증명하는 게 된 걸까? 물론 그럴 리는 없지만, 어쩌면 그것은 글로거에게 무엇이 진짜로 일어났는지를, 사람들이 진짜로 무엇을 느꼈는지를 느끼게 해줄 수도 있었다.

예수는 세례자 요한과 같을까? 아니면 요한과 달리, 주로 도시에서 일을 하며 자기 기반을 닦기 위해 동료들을 만드는 교활한 정치가 유형일까? 은밀히 일을 하는 유형인 건 분명했다. 왜냐하면 세례자 요한은 아직 예수에 대해 들은 적이 없으며, 요한은 예수와 친족 사이이니 그 누구보다도 예수에 대해 잘 알아야 마땅했다.

글로거는, 어쩌면 그가 엉뚱한 사람들과 어울리는 건지도 모른다고 생각했다.

글로거는 싱긋 웃고 마을 쪽으로 발길을 돌렸다. 그는 돌연 긴장이 되었다. 오늘은 뭔가 극적인 일이, 그를 위해 그의 미래를 결정할 뭔가가 일어날 터였다. 하지만 무슨 이유에서인지, 글로거는 세례자 요한에게 세례를 해준다는 게 맘에 들지 않았다. 그건 잘못된 일이었다. 글로거에게는 위대한 예언자로 행동할 권리가 없었다.

글로거는 머리를 문질렀다. 살짝 아픈 곳이 있었다. 글로거는 요한을 만나기 전에 통증이 사라지길 바랐다.

인간의 탄생은 잠과 망각에 불과하다……．

워즈워스

동굴은 따뜻했고, 글로거의 기억과 생각이 짙게 배어 있었다.

글로거는 안도감을 느끼며 안으로 들어갔다.

후에, 글로거는 그곳을 마지막으로 떠날 터였다.

그러고 난 뒤에는 더 이상 도망은 없을 터였다.

"우리 모두는 우리의 원형적 역할을 꽤 일찍 골라." 칼이 모임의 사람들에게 말했다. "그리고 '원형'이라는 무시무시해 보이는 용어에 겁먹지 마. 역사상의 위대한 인물들과 마찬가지로 셰퍼튼에 사는 은행원에게도 그 용어는 적용되니까. '원형적'은 '영웅적'이라는 것을 뜻하지 않아. 그 은행원의 내적인 삶은 너희나 나의 삶만큼이나 충만하고, 그 은행원이 자신이 수행하고 있다고 생각하는 역할은 그 자신에게 중요해. 우리 모두가 그러하듯 말이야. 비록 너희가 그 은행원의 세련되지 못한 옷차림에 속아 넘어갈 수는 있지만. 그리고 그 사람의 삶과 직업에 속아······."

"말도 안 돼. 터무니없는 주장이야." 두툼한 두 팔을 흔들어대며 샌드라 피터슨이 말했다. "그건 원형이 아니야. 그건 고정관념일 뿐이야······."

"그런 건 없어." 칼이 주장했다. "그런 식으로 사람을 판단하는 건 비인간적이야······."

"네가 그걸 뭐라 부르는지는 모르겠지만, 그런 사람들은 회색분자야. 다른 이들을 끌어내리려 애쓰는 별 볼 일 없는 사람들이라고!"

칼은 충격을 받았고, 거의 눈물이 날 지경이었다. "정말로, 샌드라, 나는 설명을 하려고 애쓰……."

"넌 융을 완전히 잘못 해석하고 있어." 샌드라가 단호히 말했다.

"나는 융이 쓴 모든 것을 연구했어!"

"제 생각에는 샌드라의 주장에 일리가 있어요." 리타 블렌 부인이 말했다. "결국, 우리가 여기에 있는 건 이런 종류를 철저히 논의하기 위해서가 아니겠어요?"

먹혀들어갈 터였다.

칼은 정확히 시간을 재두었다.

모니카가 서점 위층 아파트에 들어설 때 가스 불이 타고 있었다. 가스 냄새가 방을 가득 채웠다. 칼은 스토브 근처에 누워 있었다.

모니카는 창문을 연 다음, 칼이 누워 있는 곳으로 건너왔다. "맙소사, 칼. 관심을 끌려고 정말 별짓을 다 하는구나."

칼이 껄껄 웃기 시작했다.

"이런. 너무 뻔해 보였나?"

"나 비번이야." 모니카가 말했다.

모니카는 거의 두 주 동안 전화를 하지 않았다. 칼은 모니카가 결국에는 연락을 하리라는 걸 알았다. 모니카는 나이 들어갔고 그리 매력적이지 않았다. 모니카에게는 칼밖에 없었다.

"사랑해, 모니카." 침대로 올라가 모니카 옆으로 기어가며 칼이 말했다.

모니카는 자존심 있는 여자였다. 그녀는 아무런 반응도 보이지 않았다.

요한이 동굴 밖에 서 있었다. 요한은 글로거를 부르고 있었다.

"시간이 되었소, 마법사여."

글로거는 마지못해 동굴을 나섰다. 그는 대원하는 듯한 표정으로 세례자 요한을 보았다.

"요한, 진심입니까?"

세례자 요한은 몸을 돌리고 강을 향해 빠르게 걷기 시작했다.

"갑시다. 사람들이 기다리고 있소."

"내 삶은 엉망이야, 모니카."

"다들 그래, 칼."

10

그리고 그대 인간의 얼굴, 그대 인간의 손과 발과 숨결은 탄생의 문으로 들어가 죽음의 문을 지나는구나.

윌리엄 블레이크, 〈예루살렘: 유대인들에게〉

세례자 요한은 천천히 흐르는 강물에 허리까지 몸을 담그고 서 있었다. 에세네파 모두가 요한이 세례 받는 모습을 지켜보러 와 있었다. 그들은 강둑에 조용히 서 있었다.

강과 강둑 사이 모래흙에서 중심을 잡고 선 글로거는 요한을 내려다보며 기묘하고 짙은 억양이 실린 아람어로 말했다.

"요한, 전 할 수 없습니다. 이건 제가 해서는 안 되는 일이에요."

세례자 요한이 얼굴을 찡그렸다. "해야만 하오."

번민 속에서 간청하는 듯한 시선으로 요한을 보던 글로거는 숨을 헐떡이기 시작했고, 눈에는 눈물이 고였다.

하지만 세례자 요한은 전혀 흔들림이 없었다.

"해야만 하오. 그게 당신 의무요."

글로거는 강둑을 내려갔고, 강으로 들어가 세례자 요한에게 다가가며 머리가 어찔해지는 것을 느꼈다. 몸이 오들오들 떨렸다.

글로거는 몸을 떨며 물속에 서 있었고, 움직일 수가 없었다.

강바닥의 돌 때문에 글로거의 발이 미끄러지자, 요한이 손을 뻗어 그가 넘어지지 않도록 팔을 잡아주었다.

맑고 뜨거운 하늘 천장에 걸려 있는 태양이 아무것도 쓰지 않은 글로거의 머리를 때려댔다.

"임마누엘!" 갑자기 요한이 외쳤다. "아도나이의 성령이 당신 안에 있소!"

글로거가 깜짝 놀랐다. "그게 무슨……?" 글로거는 영어로 말했다. 그는 놀라 빠르게 눈을 깜박였다.

"아도나이의 성령이 당신 안에 있소, 임마누엘!"

글로거는 여전히 뭐라고 말해야 할지 알 수 없었다. 그는 고개를 살짝 저었다. 두통은 사라지지 않았고 이제 점점 커져만 갔다. 뭔가를 보는 것조차 어려운 지경이었다. 글로거는 자신이 이곳에 온 뒤로 처음 편두통을 앓고 있음을 알았다.

글로거는 토하고 싶었다.

요한의 목소리가 뒤틀려 저 멀리서 들려왔다.

글로거가 강물에서 비틀거렸다.

글로거가 세례자 요한 쪽으로 쓰러지기 시작하자, 주변의 모든 풍경이 희미해져갔다.

글로거는 요한이 자신을 잡는 것을 느꼈고, 자신이 다급하게 외치는 소리를 들었다. "요한, 당신이 제게 세례를 줘야 해요!" 그리고 입과 목구멍으로 물이 들어오며 글로거는 기침을 했다.

그는 모니카와 함께 처음으로 침대로 들어 자신이 발기불능이라고 생각했던 밤 이후 이런 종류의 공포를 느껴본 적이 없었다.

요한이 뭐라고 울부짖고 있었다.

무슨 내용인지는 모르겠지만, 강둑에 있던 사람들이 그 말에 반응을 보였다.

글로거의 귀에 들려오는 함성은 점차 커져갔고, 격해졌다. 그는 물속에서 몸부림을 쳤고, 자신이 들어 올려지는 것을 느꼈다.

고통과 공포가 여전히 글로거를 짓눌렀다. 그는 물에 대고 토하기 시작했으며, 요한의 손에 이끌려 강둑으로 인도되는 동안 비틀거렸다.

그는 요한을 실망시켰다.

"미안합니다." 글로거가 말했다. "미안합니다, 미안합니다, 미안합니다……."

글로거는 자기 때문에 요한이 실패했다고 생각했다. "미안합니다, 미안합니다."

이번에도, 글로거는 옳은 일을 할 능력이 없었다. "미안합니다."

에세네파 사람들이 몸을 흔들며 독특한 리듬의 콧노래를 부르기 시작했다. 그들이 한쪽으로 몸을 기울이면 음이 높아졌고, 반대편으로 몸을 기울이면 낮아졌다.

요한이 글로거를 놓아주자, 그는 귀를 막았다. 글로거는 여전히 구역질이 났지만, 이제 입안은 말라 있었으며 속은 더욱더 뒤틀렸다.

글로거는 비틀거리다 간신히 균형을 잡고는, 귀를 막고 뛰기 시작했다. 돌투성이 관목지를 뛰었다. 하늘에서 고동치듯 내리쏘는 뜨거운 햇빛을 머리로 받으며 뛰었다. 도망쳤다.

그러나 요한은 "제가 선생님께 세례를 받아야 할 터인데 어떻게 선생님께서 제게 오십니까?" 하며 굳이 사양하였다.

예수께서 요한에게 "지금은 내가 하자는 대로 하여라. 우리가 이렇게 해야 하느님께서 원하시는 모든 일이 이루어진다." 하고 대답하셨다. 그제야 요한은 예수께서 하자 하시는 대로 하였다. 예수께서 세례를 받으시고 물에서 올라오시자 홀연히 하늘이 열리고 하느님의 성령이 비둘기 모양으로 당신 위에 내려오시는 것이 보였다. 그때 하늘에서 이런 소리가 들려왔다. "이는 내가 사랑하는 아들, 내 마음에 드는 아들이다."

〈마태오 복음〉 3장 14-17절

칼이 열다섯 살 때, 고등학교에서 꽤 성적이 좋았다.

칼은 신문에서 사우스런던 일대를 돌아다니는 테디 보이[†] 이야기를 읽었다. 칼은 에드워드 시대 복장을 하고 다니는 테디 보이들을 보았지만 그 애들은 멍청할 뿐 위험한 존재는 아니라고 생각했다.

어느 날, 칼은 브릭스턴 힐로 영화를 보러 갔다가 스트리트햄에 있는 집까지 걸어오기로 결심했다. 아이스크림을 사 먹느라 버스비를 거의 다 써버렸기 때문이었다.

[†] 에드워드 시대 복장을 과장되게 즐겼던, 1950년대 런던의 젊은이들.

테디 보이들이 동시에 영화관에서 나왔다. 칼은 언덕을 내려오는 동안 그 애들이 자기 뒤를 따라오는 것을 알아차리지 못했다.

이윽고, 돌연 그 애들이 칼을 에워쌌다.

그 애들은 창백하고 심술궂게 생겼으며, 대부분이 칼보다 한두 살 정도 많아 보였다. 칼은 그 가운데 두 명을 어렴풋이 알았다. 그 둘은 칼이 다니는 학교와 같은 거리에 있는 큰 공립학교에 다녔다. 두 학교는 운동장을 같이 썼다.

"안녕." 칼이 가냘픈 목소리로 말했다.

"어이, 꼬마." 가장 나이 많은 테디 보이가 말했다. 그 아이는 껌을 씹고 있었으며 한쪽 다리로 삐딱하게 서서 칼을 향해 씩 웃어 보였다. "어디 가는 거야?"

"집에."

"지이베에." 가장 덩치 큰 아이가 칼의 억양을 흉내 내 말했다. "가서 뭐 할 건데?"

"잘 거야."

칼은 자신을 둘러싼 무리를 빠져나가려 해보았지만, 그 아이들은 그러지 못하게 막았다.

아이들은 칼을 가게 문으로 밀쳤다. 아이들 뒤로 대로에는 자동차들이 부릉거리며 지나다녔다. 가로등과 가게 네온사인 덕분에 거리는 환했다.

사람들 몇 명이 지나갔지만 아무도 멈춰 서지 않았다. 칼은 두려워지기 시작했다.

"숙제할 게 없는 거야, 꼬마?" 우두머리 옆에 있던 소년이 말했다. 그 아이는 머리털이 붉었고 주근깨가 있었으며 눈은 짙은 회색이었다.

"우리 중 누구랑 싸우고 싶어?" 다른 소년이 물었다. 칼이 얼굴을 아는 아이 가운데 한 명이었다.

"아니, 싸우기 싫어. 날 가게 해줘."

"겁먹은 거냐, 꼬마?" 우두머리가 씨익 웃으며 말했다. 그 아이는 여봐란듯이 입에서 껌을 길게 뽑아냈다가 다시 집어넣었다. 아이는 여전히 씨익 웃으며 껌을 다시 씹기 시작했다.

"아니. 왜 내가 싸우고 싶어 하겠어? 난 누구든 싸울 필요가 없다고 생각해."

"넌 선택의 여지가 별로 없어, 그거 알아, 꼬마?"

"나 늦었어. 돌아가야 해."

"몇 명이랑 싸울 시간은 있다고 보는데……."

"말했잖아. 싸우기 싫어."

"넌 네가 우리보다 잘났다고 생각하는구나, 그렇지, 꼬마?"

"아니야." 칼은 떨기 시작했다. 눈에서 눈물이 나왔다. "전혀 아니야."

"물론 그래야지."

칼은 다시금 앞으로 나섰지만, 아이들은 칼을 문으로 다시 밀었다.

"넌 독일 놈 이름이야, 그렇지?" 칼이 아는 다른 아이가 말했다. "글로 뭐시긴가 그렇잖아."

"글로거야. 가게 해줘."

"늦으면 너네 엄마가 싫어하지?"

"독일 놈이 아니라 유대인 이름 같은데?"

"너, 유대인 새끼지, 꼬마?"

"그래 보여."

"너, 유대인 새끼지, 꼬마?"

"너, 유대인이지, 꼬마?"

"유대인이지, 꼬마?"

"닥쳐!" 칼이 외쳤다. "왜 날 괴롭히는 거야?"

칼은 아이들을 밀쳤다. 아이 한 명이 칼의 배를 쳤다. 칼은 고통에 겨워 신음했다. 다른 아이가 칼을 밀쳤고 칼은 비틀거렸다.

사람들은 여전히 바삐 오갔다. 몇 명은 지나가며 아이들을 힐긋거렸다.

한 남자가 걸음을 멈췄지만 그의 아내가 말렸다. "아이들이 장난치는 것뿐이에요." 그녀가 말했다.

"바지를 벗겨." 소년 하나가 깔깔거리며 말했다. "그럼 알게 될 거야."

칼은 아이들을 밀쳤고, 이번에 아이들은 막지 않았다.

칼은 언덕을 뛰어 내려가기 시작했다.

"뒤따라가면서 겁주자." 한 명이 외치는 소리가 칼의 귀에 들렸다.

칼은 달렸다.

아이들은 큰 소리로 웃어대고 조롱하며 칼의 뒤를 따라오기 시작했다.

칼이 사는 거리 모퉁이를 돌았을 때까지 아이들은 그를 따라잡지 못했다. 아마도 그럴 마음이 없었던 듯했다. 칼은 얼굴이 붉어졌다.

칼은 집에 도착했고, 집 옆의 어두운 골목을 따라 달렸다. 그는 뒷문을 열었다. 어머니가 부엌에 있었다.

"무슨 일이니?" 어머니가 물었다.

칼의 어머니는 키가 크고 말랐으며, 예민하고 신경질적이었다. 검은색 머리털은 단정하지 않았다.

칼은 어머니를 지나 거실로 갔다.

"무슨 일이니, 칼?" 어머니가 외쳤다. 목소리가 높았다.

"아무것도 아니에요." 칼이 말했다.

괜한 소동을 만들고 싶지 않았다.

II

 잠에서 깬 글로거는 추웠다. 아직 새벽이 채 되지 않은 하늘은 회색이었고, 사방으로 황량한 풍경뿐이었다. 전날 기억이 거의 나지 않았다. 자신이 요한을 실망시켰으며 먼 길을 도망쳤다는 기억뿐이었다.

 어지러웠다. 머리가 텅 빈 느낌이었다. 목 뒷덜미가 여전히 아팠다.

 이슬을 맞아 허리감개가 축축했다. 글로거는 허리감개를 풀어 입술을 축이고 얼굴을 문질렀다.

 편두통으로 고생하고 나면 언제나 그렇듯이, 글로거는 몸에 힘이 없었고, 정신적으로나 육체적으로 완전히 지쳐 있었다.

 벌거벗은 몸을 내려다보던 글로거는 자신이 얼마나 말랐는지를 깨달았다.

"벨젠 수용소에 갇힌 사람 같군." 글로거가 중얼거렸다.

글로거는 요한이 세례를 해달라고 요청했을 때 자신이 왜 그리 공포에 질렸는지 궁금했다. 단순히 정직이 지나쳤을 뿐인 걸까? 에세네파 사람들을 속인다는 사실을 마지막 순간에 받아들일 수 없었던 걸까? 알 수 없었다.

글로거는 찢어진 허리감개를 엉덩이에 두르고 왼쪽 허벅지 바로 위에서 단단히 묶었다. 글로거는 에세네파 마을로 돌아가 요한에게 사과를 한 뒤 일을 바로잡겠노라고 말하는 게 낫겠다고 생각했다.

그러고는 아마도 그곳을 떠날 터였다.

타임머신은 여전히 에세네파가 사는 마을에 있었다. 만약 솜씨 좋은 대장장이나 금속공을 찾아낼 수 있다면 타임머신을 고칠 수 있을지도 몰랐다. 실낱같은 희망이었다. 설사 깨진 부분을 접합할 수 있다 할지라도 돌아가는 여행은 위험할 터였다.

글로거는 자신이 곧장 돌아가야 할지 아니면 실제 십자가형이 처해진 시기로 좀 더 가까이 이동해야 하는 건지 생각해보았다. 글로거에게는, 예수가 예루살렘으로 들어왔던 당시 그곳의 유월절 분위기를 경험해보는 것이 중요했다.

모니카는, 예수가 무장한 무리와 함께 예루살렘을 습격했다고 생각했다. 모든 증거가 그것을 말해준다고 주장했다.

글로거는 모든 증거들이 같은 사실을 가리킨다고 생각하면서도 그 증거들을 받아들일 수가 없었다. 더 확실한 증거가 있으리라고 확신했다.

예수만 만날 수 있으면 해결될 터였다.

세례자 요한은, 예언에 따르면 구세주가 나사렛 사람이라고 말은 했지만 예수에 대해 한 번도 들어본 적이 없는 게 분명했다.

하지만 예언은 많았고 그 가운데 상당수가 서로 상충되는 내용을 담고 있었다.

글로거는 에세네파 마을이 있는 방향을 대충 짐작해 그쪽으로 걷기 시작했다. 그리 멀리 떨어져 있을 리 없었다.

정오가 되자 훨씬 더 더워졌고 땅은 더욱 황량해졌다. 햇빛에 눈이 부셨고 공기가 희미하게 반짝였다. 잠에서 깨면서부터 지친 듯했던 느낌은 더욱 커졌다. 살갗이 탔고, 입은 말랐으며 다리는 천근 같았다. 배가 고팠고 목이 말랐지만 먹을 것도 마실 것도 없었다. 줄지어 있는 언덕들 어디에도 에세네파가 모여 사는 마을의 흔적은 보이지 않았다.

글로거는 길을 잃었지만 별로 신경 쓰지 않았다. 마음속에서 그는 이미 사막 풍경의 일원이 되어 있었다. 만약 그가 이곳에서 죽는다 해도 삶과 죽음 사이의 변이는 거의 느끼기 어려울 터였다. 이곳에서 쓰러지면 그의 몸은 갈색 땅과 하나가 될 터였다.

글로거는 기계적으로 사막을 가로질러 걸었다.

얼마 후 남쪽으로 2마일 정도 떨어진 곳에 언덕이 보였다. 그 광경에 글로거는 살짝 정신을 차렸다. 그는 그쪽을 향해 가기로 했다. 그곳에 도착하면 자신이 어디에 있는지 상대적인 위치를 알 가능성이 있었고, 어쩌면 음식과 물을 얻을 수 있는 마을이 보일지도 몰랐다.

글로거는 이마와 눈을 문질렀다. 손이 닿은 곳이 쓰라렸다. 그는 언덕을 향해 터벅터벅 걷기 시작했다.

모래투성이 흙은 글로거의 발이 닿자 먼지를 피워 올렸다. 땅을 따라 난 원시 관목이 발목과 장딴지를 할퀴었고, 툭 튀어나온 돌들이 발을 걸었다.

언덕 기슭에 도착했을 무렵, 글로거는 다리 여기저기에 멍이 들었고, 피를 흘리고 있었다.

글로거는 잠시 쉬면서 거의 아무런 풍경이 없는 주위를 대충 둘러보았고, 이윽고 언덕을 오르기 시작했다.

언덕 정상까지 오르는 과정은 어려웠다(처음에 글로거가 예상했던 것보다 훨씬 더 멀었다).

글로거는 단단히 고정되지 않은 돌을 밟고 올라가다가 얼굴부터 넘어졌고, 미끄러져 떨어지지 않도록 다친 손과 발로 몸을 버텼다. 듬성듬성 난 풀과 이끼를 그러잡았고, 가능할 때면 크게 돌출된 바위를 껴안으며 올라갔고, 자주 쉬었다. 고통과 피곤함 때문에 몸과 마음이 무감각했다.

글로거는 왜 자신이 언덕을 올라가는지 잊었지만, 마치 의식이 거의 없는 하등생물처럼, 정상에 올라가기로 결심을 했다. 딱정벌레처럼, 그는 느릿느릿 정상을 향해 갔다.

이글거리는 태양 아래에서 글로거는 땀을 흘렸다. 벌거벗다시피 한 몸은 땀으로 흠뻑 젖었고, 머리부터 발끝까지 먼지가 두꺼운 딱지처럼 달라붙었다. 허리감개는 넝마가 되었다.

주위 사방으로 황무지가 펼쳐져 있었고, 하늘은 땅과 하나가 되었으며, 노란 바위와 하얀 구름들이 겹쳐 보였다. 정지한 것은 아무것도 없는 듯했다.

글로거는 쓰러지면서 산기슭을 따라 주르르 미끄러졌다. 허벅지에 깊은 상처를 입었고, 머리를 세게 부딪혔다.

미끄러지던 것이 멈추자마자 글로거는 이글거리는 바위산을 다시 천천히 기어오르기 시작했다.

시간은 아무 의미가 없었고, 자신이 누구인지 역시 아무런 의미가 없었다. 이제, 생전 처음으로 글로거는 헤딩턴의 이론을 이해할 수 있는 위치에 서게 되었다. 하지만 의식 역시 사라지고 없었다. 그는 단지 산을 오르는 사물일 뿐이었다.

글로거는 정상에 올랐고, 기어오르기를 멈췄다.

잠시 글로거는 누워서 눈을 끔벅였고, 곧 눈을 감았다.

글로거는 모니카의 목소리를 듣고 고개를 들었다. 잠시 눈 가장자리로 모니카의 모습을 본 것 같았다.

'너무 감상적으로 살지 마, 칼……'

모니카는 여러 번 그렇게 말했다. 이제 칼이 그 말에 대꾸를 했다.

'나는 시대를 잘못 타고났어, 모니카. 이런 이성의 시대에는 내가 설 자리가 없어. 결국 이 시대는 나를 죽일 거야.'

모니카의 목소리가 대답했다.

'죄의식과 공포와 비겁함과 너 자신의 마조히즘이겠지. 넌 훌륭한 정신과 의사가 될 수 있었지만 결국 느이로제를 핑계로 모든 것을 포기하고……'

"닥쳐!"

글로거는 몸을 돌려 등을 대고 누웠다. 이글거리는 태양빛이 여기저기 찢긴 몸에 내리쬐었다.

"닥쳐!"

'완전한 기독교인 증후군이야, 칼. 넌 나중에 가톨릭으로 개종할 거야. 믿어 의심치 않아. 왜 그렇게 줏대가 없는 거야?'

"닥쳐! 꺼져버려, 모니카!"

'네 생각의 근간을 이루는 건 공포야. 넌 영혼을 찾는 것도 아니고 삶의 의미를 찾는 것도 아니야. 넌 편안함을 찾는 것뿐이야.'

"날 좀 내버려둬, 모니카!"

글로거는 더러운 손으로 두 귀를 막았다. 머리와 수염은 먼지로 떡이 져 있었다. 온몸에 난 상처에는 피딱지가 앉았다. 하늘에서는 그의 심장 박동에 맞춰 태양이 맥동하는 듯했다.

'넌 몰락할 거야, 칼. 그걸 아직도 깨닫지 못했단 말이야? 몰. 락. 정신 차려. 넌 이성적 사고를 할 수 없을 정도로 멍청하지는……'

"오, 모니카! 꺼져!"

글로거의 목소리는 거칠고 갈라져 있었다.

이제 까마귀 몇 마리가 하늘을 맴돌았다. 그의 귀에 들려오는 까마귀 울음소리는 자기 목소리와 그리 다르지 않았다.

'하느님은 1945년에 죽었어……'

"지금은 1945년이 아니야. 지금은 서기 28년이야. 하느님은 살아 있어!"

'어째서 기독교 같은 잡종 종교 때문에 그리 괴로워하는 건지 모르겠네. 랍비 유대교, 금욕 윤리학, 그리스 신비 컬트교, 동양의 의식을 뭉뚱그려……'

"그건 문제가 아니야!"

'현재 네 정신 상태로는 그렇겠지.'

"내게는 하느님이 필요해!"

'요약하자면 그거지? 미숙한 인간은 언제나 너 같은 결말을 맞게 되지. 좋아, 칼, 편한 대로 해. 다만 네가 너 자신과 타협을 했다면 무엇이 될 수 있었을지를 한번 생각해봐……'

글로거는 피곤한 몸을 추슬러 일어났고, 언덕 정상에 서서 고함을 질렀다.

까마귀들이 깜짝 놀랐다. 놈들은 하늘 높이 날아올라 멀리 사라졌다.

이제 하늘은 어두워지고 있었다.

그 뒤에 예수께서 성령의 인도로 광야에 나가 악마에게 유혹을 받으셨다. 사십 주야를 단식하시고 나서 몹시 시장하셨다.
〈마태오 복음〉 4장 1-2절

12

광인은 비틀거리며 마을로 들어섰다.

　광인은 얼굴이 태양을 향하도록 고개를 들고 있었다. 부릅뜬 두 눈으로는 여기저기를 두리번거렸다. 두 팔은 흐느적거렸고 입술은 알아들을 수 없는 말을 중얼거렸다.

　질질 끄는 발에 먼지가 일어 춤을 췄고, 광인이 걷는 동안 개들이 주위를 돌며 짖어댔다. 아이들이 그를 놀리고, 조약돌을 던져대다가 조심스레 물러났다.

　광인이 말을 하기 시작했다.

　광인이 입 밖으로 내는 언어는 마을 사람들에게 낯설었다. 하지만 그가 내뱉는 단어에는 여위고 벌거벗은 자신을 하느님이 대변인으로 삼으셨다는 확신과 열정이 담겨 있었다.

사람들은 이 광인이 어디서 왔는지 궁금했다.

한번은 로마 군단이 멈추어 서더니, 무뚝뚝한 태도로, 혹시 아는 친척이 있으면 그곳으로 데려다주겠노라고 친절을 베풀었다. 그들은 광인에게 혼합 아람어로 말했고, 광인이 묘한 억양이 섞였으면서도 로마 군인들이 쓰는 것보다 더 순수한 라틴어로 대답하는 걸 듣고 깜짝 놀랐다.

군인들은 광인에게 혹시 랍비나 학자가 아닌지 물었다. 그는 둘 다 아니라고 대답했다.

군단의 장교는 광인에게 육포와 포도주를 권했다. 그는 육포를 먹고 물을 청했다. 군인들은 그에게 물을 주었다.

군인들은 한 달에 한 번씩 이곳을 지나는 순찰대의 일부였다. 그들은 몸이 옹골찼으며, 단단해 보이는 구릿빛 얼굴은 깔끔하게 면도가 되어 있었다. 물들인 가죽 킬트를 입었으며 가슴받이를 하고 샌들을 신었고 머리에는 철제 투구를 썼고 허리에는 칼집에 든 단도를 차고 있었다.

저녁 햇살을 받으며 광인을 둘러싸고 서 있는 순간에도 군인들은 긴장을 풀지 않은 듯했다. 부하들보다는 부드러운 목소리에, 금속 가슴받이를 하고 긴 망토를 걸치고 헬멧에 깃털이 달렸다는 점을 제외하면 부하들과 거의 같은 차림을 한 장교가 광인에게 이름을 물었다.

순간 광인은 멈칫했고, 입을 열었다가 자신이 뭐라고 불렸는지 잊어버렸다는 듯이 다시 다물었다.

"칼." 광인이 한참 뒤에 머뭇거리며 말했다. 대답을 했다기보다는 그렇게 불러달라고 제안하는 느낌이 더 강했다.

"꼭 로마인 이름 같군." 군인 가운데 한 명이 말했다.

"어쩌면 그리스인일지도 몰라. 여기에는 그리스인들이 많으니까." 다른 군인이 말했다.

"당신은 로마 시민인가?" 장교가 물었다.

하지만 광인의 정신은 이미 다른 곳으로 떠난 듯했다. 광인은 군인들로부터 시선을 돌리더니 뭐라고 중얼거리기 시작했다.

갑자기, 광인이 군인들을 돌아보더니 말했다. "나사렛. 나사렛이 어디입니까?"

"저쪽이오." 장교는 언덕 사이로 난 길을 가리켰다.

광인은 만족했다는 듯이 고개를 끄덕였다.

"칼…… 칼…… 카를루스…… 모르겠군……." 장교는 손을 뻗어 광인의 턱을 만져보더니 두 눈을 들여다보았다. "당신은 유대인인가?"

이 말에 광인은 깜짝 놀란 듯했다.

광인은 벌떡 일어나더니 자신을 둘러싸고 있는 군인들을 밀쳐내려 애썼다. 군인들은 그런 광인을 조롱하며 빠져나가게 내버려뒀다. 어차피 아무 해될 게 없는 자였다.

군인들은 광인이 길을 따라 달리는 모습을 지켜보았다.

"아마 유대 예언자 중 하나인 모양이군." 자기 말에게로 걸어가며 장교가 말했다. 이곳은 그런 예언자로 가득했다. 만나는 사람마다 서로 자기가 하느님의 복음을 전파하노라고 주장해댔다. 하지만 그런 사람들은 문제를 일으키지 않았으며, 사실 종교에 정신이 팔린 덕분에 반란을 꾀하지 않았다.

우리가 고마워해야겠지, 장교는 생각했다.

그의 부하들은 여전히 낄낄거리고 있었다.

그들은 광인이 간 방향과 정반대 쪽으로 행진을 하기 시작했다.

뒤에, 광인은 자신만큼이나 여윈 무리를 만났다. 그들은 광인이 한 번도 들어본 적이 없는 마을을 향해 비밀 순례를 하고 있었다. 에세네파와 마찬가지로, 그들 분파는 모세의 율법을 철저히 지키던 예전 삶으로 돌아가야 한다고 주장했지만, 하느님이 다윗 왕을 자신들에게 보내 로마인들을 내쫓고 이집트(이들은 무슨 이유에서인지 이집트를 로마와 바빌론과 동일시했다)를 정복하게 할 거라는 주장을 제외하면 다른 문제에 대해서는 애매한 자세를 취했다.

그들은 광인을 차별하지 않고 동등하게 대했다.

광인은 그들과 며칠 동안 함께 여행했다. 그들이 길가에서 야영을 하던 어느 밤, 로마 군인보다 더 번쩍이는 갑옷과 화려한 군복을 입은 기병 여남은 명이 질주해 오더니 요리를 하던 냄비를 뒤엎고 모닥불 사이를 헤집고 다녔다.

"헤롯의 병사들이다!" 분파 사람 하나가 외쳤다.

여자들은 비명을 질렀고, 남자들은 어둠 속으로 도망쳤다. 곧 대부분의 사람들이 사라졌고, 여자 둘과 광인만 남게 되었다.

병사들의 우두머리는 얼굴이 가무잡잡하고 잘생겼으며, 숱 많은 턱수염은 기름을 발라 정돈이 되어 있었다. 그는 광인의 머리털을 잡고 자기 무릎께까지 끌어올리더니, 광인의 얼굴에 침을 뱉었다.

"너 역시 우리가 귀가 따가울 정도로 소문을 들은 이 반역자들 무리에 속하는가?"

광인은 뭔가를 중얼거렸지만, 고개를 저었다.

군인은 광인의 뺨을 때렸다. 그는 너무나 약했기 때문에 맞은 즉시 바닥에 쓰러졌다.

군인이 어깨를 으쓱했다. "이자는 위험하지 않아. 여기는 무기가 없다. 헛다리 짚은 거야."

그는 뭔가 계산하는 눈치로 잠시 여자를 보더니 자기 부하들을 돌아보며 눈썹을 치켰다. "너희 가운데 여자에 굶주린

자가 있다면 이 여자들로 해결을 하라."

 광인은 땅에 쓰러져 군인들에게 강간당하는 여자들의 비명을 들었다. 광인은 일어나 여자들을 도와야 한다는 생각이 들었지만 너무 기운이 없어 움직일 수가 없었으며, 또한 군인들이 너무나도 무서웠다. 광인은 죽임을 당하고 싶지 않았다. 지금 죽는다는 건 자신의 목표를 절대로 이룰 수 없다는 뜻이었다.

 마침내 헤롯의 병사들은 말을 타고 떠났고, 분파 사람들이 슬금슬금 돌아오기 시작했다.

 "여자들은 어떻소?" 광인이 물었다.

 "죽었소." 누군가 대답했다.

 누군가 성서에 나오는 구절을 영창조로 읊기 시작했다. 복수와 정의와 하느님의 징벌에 대한 구절이었다.

 그 분위기에 압도된 광인은 어둠 속을 기어 사라졌다.

 다음 날 아침, 그는 무리들이 가는 여정에 나사렛이 포함되지 않은 것을 알고 무리를 떠났다.

광인은 로마의 길을 따라 빌라델비아, 제라사, 펠라, 스키토폴리스 따위 여러 마을을 지났다.

 여행객을 만날 때마다 광인은 이국풍 억양으로 같은 질문을 했다. "나사렛에 가려면 어느 방향으로 가야 합니까?"

지나가는 마을마다 자기가 나사렛으로 향하는 길을 제대로 따라가는지 확인을 했다.

광인에게 음식을 주는 마을들도 있었다. 돌을 던지며 내쫓는 마을도 있었다. 축복을 내려달라는 마을도 있었고, 그럴 때면 광인은 음식을 얻을 수 있다는 기대감에 그 사람들 머리에 손을 올리고 알아들을 수 없는 언어로 축복을 내려주었다.

펠라에서 광인은 눈이 먼 여인을 치유했다.

광인은 로마인의 고가교를 통해 요르단 강을 가로질렀고, 나사렛을 향해 계속 북쪽으로 갔다.

나사렛으로 이어진 길에 특별한 난관은 없었지만 마을로 가는 과정 자체가 점차 고역이 되었다.

광인은 여행을 하는 동안 피를 많이 흘렸고, 음식을 아주 조금밖에 먹지 못했다. 그가 여행하는 방식은 쓰러질 때까지 걷는 것이었으며, 쓰러지면 일어나 걸을 수 있을 때까지 누워 있었다. 그리고 누군가 지나던 사람이 그를 발견해 기운을 차릴 수 있도록 시큼한 와인이나 빵을 조금 나누어주는 일이 점차 잦아졌다.

헤롯의 병사들을 만난 뒤로, 광인은 경계심이 높아졌고, 언제나 혼자 여행을 했으며 도중에 만나는 그 어떤 무리나 분파와도 함께하지 않았다.

사람들은 광인에게 이렇게 묻곤 했다. "당신은 우리가 기다리던 바로 그 예언자입니까?"

광인은 고개를 젓고는 대답했다. "예수를 찾으십시오. 예수를 찾으세요."

하얀 마을은 고대에 지어진 단순한 회당 정면에 있는 시장을 둘러싸고 돌과 진흙벽돌로 지어진 일층집이나 이층집들로 이루어져 있었다. 회당 밖에는 검은 로브를 입고 머리에 숄을 두른 노인들이 앉아 이야기를 나누었다.

그 마을은 깨끗했고 로마와의 무역 덕분에 번성했다. 거리에는 거지가 한두 명 정도밖에 없었으며, 그들은 잘 얻어먹었다. 거리는 마을이 들어선 언덕 기슭을 따라 닦여 있었다. 구불구불하고 그늘이 지고 평화로운 시골의 거리였다.

방금 자른 목재 냄새와 목공일 소리가 사방에서 났다. 마을은 특히나 솜씨 좋은 목수들로 유명했다. 이스르엘 골짜기 가장자리에 자리 잡은 마을은 다마스쿠스와 이집트 사이 무역로에서 가까웠고, 마을의 장인들이 만든 물건을 실은 마차들이 언제나 그곳에서 출발했다.

그 마을은 나사렛이라 불렸다.

이제 광인은 나사렛을 찾았다.

광인이 비틀거리며 장터에 들어서자 마을 사람들은 의심하는 눈이 아닌 호기심 어린 눈으로 그를 보았다. 그는 방랑하는 예언자이거나 아니면 악마에 사로잡힌 자일 수도 있었다. 거지이거나 아니면 40년 전 예루살렘에 몰고 온 재앙 때문에 요즘은 평판이 나쁜 열심당원의 일원일 수도 있었다. 나사렛 사람들은 반역자나 광신자를 좋아하지 않았다. 그들은 로마인들이 온 뒤로 형편이 더 좋아졌으며 돈도 더 잘 벌었다.

광인이 노점상들 앞에 모여 선 사람들을 지나자 사람들은 그가 사라질 때까지 조용해졌다. 여인들은 살찐 몸 위로 두툼한 모직 숄을 여몄고, 남자들은 면 로브를 걷어 올리며 광인에게 닿지 않으려 했다. 평소에 이런 자가 나타나면 사람들은 엄격히 용건을 캐묻고 관련이 없다 싶으면 가차 없이 마을 밖으로 내쫓았지만, 이번 광인은 빼빼 말랐음에도 시선이 강렬했으며 얼굴에는 원기와 생기가 넘쳤고, 그 때문에 사람들은 거리를 두고 지켜보며 그가 행동하는 대로 두었다.

시장 중앙에 도착하자 광인은 걸음을 멈추고 주위를 둘러보았다. 사람들을 살피기 위해 걸음을 늦춘 듯했다. 그는 눈을 끔벅이더니 입술을 핥았다.

지나가던 여자가 경계하는 눈으로 그를 살폈다. 광인은 여자에게 말을 걸었다. 목소리는 부드러웠고, 입에서는 신중하게 단어가 흘러나왔다.

"여기가 나사렛인가요?"

"맞아요." 여자는 고개를 끄덕이더니 걸음을 빨리했다.

남자 한 명이 광장을 가로질러 가고 있었다. 그는 빨간색과 갈색 줄이 들어간 모직 로브를 걸쳤고, 곱슬거리는 검은 머리에는 빨간 키파†를 쓰고 있었다. 얼굴은 살이 쪘으며 명랑해 보였다.

광인이 그 남자가 가는 길을 가로막았다.

"저는 목수를 찾고 있습니다."

"나사렛에는 목수가 많습니다. 목수의 마을이거든요! 저 역시 목수입니다." 남자는 기분이 좋아 보였으며, 광인에게 선심을 보였다. "제가 도와드릴까요?"

"요셉이라는 목수를 아십니까? 다윗의 직계입니다. 마리아라는 부인이 있고, 아이가 몇 있습니다. 그중 한 명이 예수라고 합니다."

명랑해 보이던 사내는 짐짓 얼굴을 찡그리더니 목 뒷덜미를 긁적였다. "요셉이라는 이름은 흔합니다. 제가 아는 요셉만 해도 벌써 한둘이 넘습니다만. 마리아라는 이름도 그렇

† 유대교 남자들이 쓰는 납작한 모자.

고……." 남자의 눈이 생각에 잠기는가 싶다가 이내 즐거운 기억이 났다는 듯이 입꼬리가 올라갔다. "당신이 누구를 찾는지 알 것 같군요. 저쪽 거리에 가난한 사람이 있습니다." 그가 가리켰다. "그 사람의 아내가 마리아입니다. 거길 가보세요. 금방 찾을 수 있을 겁니다. 배달을 나가지 않았다면요. 절대로 웃지 않는 남자를 찾으면 됩니다."

광인은 남자가 가리킨 방향을 힐긋 보았다. 그리고 그곳으로 시선을 돌리자마자 다른 모든 일을 잊고 기계적으로 그곳으로 향하기 시작했다.

좁은 골목길로 들어서자 재단한 목재 냄새가 더욱 강해졌다. 광인은 대팻밥이 발목까지 잠기는 곳을 걸었다.

광인은 건조하고 뜨거운 날씨에 익숙해져 있었지만 나사렛은 건조함이 덜했고, 덜 더웠다. 맑고 달콤하고 나른한 영국의 여름 날씨에 더 가까웠다.

광인의 심장이 쿵쾅거리기 시작했다.

모든 건물에서 망치와 톱 소리가 들려왔다. 그늘진 엷은 색깔의 벽들에는 온갖 크기의 널빤지들이 기대어 있어서 그 사이를 지나갈 공간조차 거의 없었다.

광인이 걸음을 멈추었다. 공포에 몸이 떨렸다.

많은 목수들이 문 밖으로 막 작업대를 내놓은 참이었다. 거기에는 조각용 그릇, 간단한 작업 선반, 온갖 모양으로 조각한 나무들이 있었다.

광인은 다시 움직이기 시작했다.

목수들은 거리를 따라 걷는 광인을 유심히 지켜보았다. 광인은 가죽 앞치마를 하고 작업 의자에 앉아 소형 조각상을 깎고 있는 늙은 목수에게 다가갔다.

"뭘 원하시오? 난 거지에게 줄 돈이 없소."

"저는 거지가 아닙니다. 저는 이 거리에 사는 누군가를 찾고 있습니다."

"찾는 사람 이름이 뭐요?"

"요셉입니다. 부인은 마리아라고 하고요."

노인은 반쯤 완성된 소형 조각상을 든 손으로 한쪽을 가리켰다. "이쪽을 따라 두 집 건너로 가보시구려."

광인은 떨기 시작했으며, 땀을 흘리기 시작했다.

바보야, 이건 그냥······.

오, 하느님······.

어쩌면 저 사람들이 아무것도 모른다는 것을 발견하게 될지도 몰라. 이건 우연일 뿐이야.

오, 하느님!

광인이 들어선 집 벽에는 널빤지가 거의 기대어져 있지 않았고, 목재의 질 역시 광인이 이곳에 오는 동안 보아온 것들보다 못했다. 입구 근처 작업 의자는 한쪽이 뒤틀렸으며, 그곳에 구부정히 앉아 도구를 수리하는 남자 역시 몸이 뒤틀린 듯해 보였다.

광인이 남자의 어깨를 살짝 건드리자 그가 몸을 폈다. 주름진 얼굴에는 고생으로 찌든 흔적이 곳곳에 배어 있었다. 눈빛은 피곤했고, 옅은 턱수염은 나이에 비해 이르게 벌써 희끗거렸다. 그는 살짝 기침을 했다. 아마도 누가 자신을 찾아와 놀란 듯했다.

"당신이 요셉입니까?" 광인이 물었다.

"난 돈이 없소."

"돈을 원하는 게 아닙니다. 그냥 몇 가지 여쭈어보려고 합니다."

"내가 요셉이오. 뭘 원하시오?"

"아드님이 있습니까?"

"몇 명 있소. 딸도 몇 있고."

광인은 말을 멈췄다. 요셉은 호기심 어린 눈으로 그를 바라보았다. 광인은 겁먹은 듯했다. 자기 때문에 다른 사람이 공포에 질리게 되는 건 요셉에게 있어 새로운 경험이었다.

"무슨 일이시오?"

광인이 고개를 저었다. "아무것도 아닙니다." 그의 목소리는 쉬어 있었다. "부인 이름이 마리아입니까? 당신은 다윗의 직계 자손이고요?"

남자는 조급하게 손짓을 했다. "그렇소, 그래. 내가 덕 본 건 쥐뿔도 없지만 말이오……."

"아드님 가운데 한 명을 만나고 싶습니다. 예수라는 아들이 있지요? 어디에 있는지 말해주시겠습니까?"

"그 팔푼이. 이번엔 또 무슨 짓을 저지른 게요?"

"어디에 있습니까?"

요셉은 광인을 물끄러미 바라보며 뭔가 계산하는 눈치를 보였다. "당신이 천리안을 가진 뭐 그런 사람이오? 내 아들을 도우려 온 거요?"

"저는 예언자라 할 수 있습니다. 미래를 예언할 수 있지요."

요셉이 한숨을 쉬며 일어났다. "난 바쁘오. 되도록 빨리 작업해서 나인으로 배달을 가야 한단 말이오."

"만나게 해주십시오."

"만나시구려. 따라오시오."

요셉은 광인을 이끌고 문을 지나 비좁은 뜰로 들어섰다. 그곳은 나무 조각, 부서진 가구, 도구, 썩어가는 대팻밥이 담긴 자루들로 혼잡했다.

둘은 어두운 집으로 들어갔다.

광인은 거친 숨을 쉬었다.

부엌인 듯한 첫 번째 방의 커다란 진흙 스토브 앞에 여자가 서 있었다. 키가 크고 약간 살이 찐 유형이었다. 기름에 전 기다란 검은 머리가 묶이지 않은 채, 커다랗고 번쩍이는, 음탕한 기운이 내비치는 두 눈 위로 늘어뜨려져 있었다. 여자는 광인을 살펴보았다.

"값을 후하게 치를 손님을 또 한 명 물어 오신 모양이군, 요셉." 여자가 비꼬아 말했다.

"이분은 예언자야."

"아, 예언자. 그리고 당연히 배도 고프겠지. 그런데 이걸 어째, 자기를 거지라 부르든 예언자라 부르든, 그런 사람들에게 줄 음식은 없는데 말이야." 여자는 나무 숟가락으로 구석 그늘진 곳에 있는 작은 형체를 가리켰다. "저 쓸모없는 게 워낙 많이 먹어대서 말이야." 여자가 말하자 작은 형체가 몸을 뒤척였다.

"예수를 찾으셔." 요셉이 여자에게 말했다. "어쩌면 우리의 짐을 덜어줄지도 몰라."

여자는 광인을 곁눈으로 보더니 어깨를 으쓱해 보였다. 여자는 통통한 혀로 붉은 입술을 핥았다. "당신 말이 맞을지도 모르지. 그 애에게는 뭔가 특별한······."

"어디에 있습니까?" 광인이 쉰 목소리로 물었다.

여자는 두 손을 거대한 유방 아래에 대더니 입고 있는 거친 갈색 천 드레스 밖에서 그 위치를 다시 잡았다. 여자는 배를 쓰다듬고 눈꺼풀 두둑한 눈으로 광인을 보았다. "예수야!" 여자는 고개를 돌리지도 않고 외쳤다.

구석에 있던 형체가 일어섰다.

"저 아이라우." 만족한 듯한 표정으로 여자가 말했다.

아니 어떻게?

이럴…….

예수라니!

나는…….

아니야!

광인이 빠르게 고개를 저으며 얼굴을 찡그렸다.

광인이 말했다. "아니야, 아니야."

"아니라니 무슨 뜻이우?" 여자가 발끈하며 말했다. "저 자식 도벽만 막아주면 저놈에게 무슨 짓을 해도 괜찮우. 멍청한 것도 문제지만, 저 애가 저런 걸 모르는 누군가의 물건을 훔

치기라도 한다면 진짜 큰 문제가 될······."
"아니야······."

그 형체는 장애인이었다.
 등이 툭 튀어나왔고, 왼쪽 눈꺼풀은 축 처져 있었다. 얼굴에는 아무런 표정도 없었으며 바보 같아 보였다. 입술에는 거품이 맺혀 있었다.
"예수?"
 자기 이름이 되풀이되자 그 형체가 킥킥거렸다. 그러고는 절름거리며 갈짓자로 걸어 나왔다.
"예수." 그 형체가 말했다. 어눌하고 미련한 발음이었다. "예수."

여자가 말했다. "저 애가 말할 수 있는 건 저게 다라오. 늘 저랬지."
"하느님의 벌을 받은 거야." 요셉이 말했다.
"어휴, 좀 닥쳐!" 여자는 남편에게 이를 드러내며 잔인한 웃음을 머금었다.
"왜 저렇게 된 겁니까?"

광인의 목소리에는 애처롭고 절박한 기운이 배어 있었다.

"원래 저랬우." 스토브로 몸을 돌리며 여자가 말했다. "원하면 데려가시구려. 데려가. 안팎이 완전히 병신이라우. 우리 부모님이 날 저 반푼이랑 결혼시켰을 때 저 아이가 배 속에 있었는데……."

"이 나쁜 년! 어디 부끄러운 줄도 모르고……." 하지만 여자가 어디 해볼 테면 해보라는 표정으로 잔인한 웃음을 짓자 요셉은 말을 멈췄다. 그러고는 조금이나마 자존심을 회복하기 위해 씨익 되웃어주었다. "그 일에 대해서는 아주 그럴싸한 핑계를 준비해두었지, 안 그래? 세상에서 가장 오래된 변명이라고! 천사에 의해 그렇게 되었다니! 왜, 악마에 의해 그렇게 되었다고 해야 맞지 않아?"

"저이는 악마였우." 여자가 이를 드러내며 씩 웃었다. "그리고 남자였고……."

요셉은 잠시 수그러지는가 싶더니, 아까 자기 말 때문에 기겁한 듯하던 광인의 모습이 떠올랐다는 듯이 다시 광인에게 몸을 돌리고 위협적인 말투로 말했다. "우리 아들에게 무슨 볼일이 있는 거요?"

"저는 아드님과 이야기를 하고 싶었습니다. 저는……."

"저 아이는 신탁을 받지도 않았고 천리안도 없소. 처음에는 그런 줄 알았지. 아직도 나사렛에는 치료를 해달라거나 앞

일을 예언해달라며 저 아이를 찾아오는 사람들이 있지만, 저 아이는 그냥 낄낄거리며 자기 이름만 되풀이해 말할 뿐이라오……."

"아드님에게서 뭔가 특별한 점을 발견하지 못한 게 확실합니까?"

"확실하고말고!" 마리아가 식식거리며 힘주어 말했다. "우리는 돈이 아주 궁하다우. 만약 저 아이가 무슨 마법을 부릴 수 있다면 우리가 아직까지 모를 리가 없지."

예수가 다시 낄낄거렸다.

"예수." 아이가 말했다. "예수. 예수."

아이는 비틀거리며 다른 방으로 갔다.

요셉이 그 뒤를 따라갔다. "거기로 가면 안 돼! 그러다가 방바닥에 또 오줌 싸는 꼴은 못 봐!"

요셉이 다른 방에 가 있는 동안, 마리아는 광인을 아까와는 다른 눈빛으로 재보기 시작했다. "만약 당신이 미래를 내다볼 수 있다면 나중에 와서 내 앞날을 말해주시구려. 저이는 오늘 밤에 나인으로 떠날 예정이니까……."

요셉이 지체장애인 아들을 부엌으로 데려와 구석에 있는 걸상에 앉혔다. "여기 꼼짝 말고 있어, 이놈아!"

광인이 고개를 저었다. "이건 말도 안……."

역사가 바뀐 건가?

  이 모든 것이 허구에 기반한 것이란 말인가?

  그것은 불가능했다……

요셉은 광인의 눈빛에 담긴 고뇌를 읽은 듯했다.

  "왜 그러시오?" 요셉이 말했다. "뭘 본 거요? 당신은 미래를 예언할 수 있다고 했소. 우리가 어떻게 될지 말해주시오!"

  "지금은 안 됩니다." 등을 돌리며 광인이 말했다. "어떻게 제가 그럴 수 있겠습니까? 지금은 안 됩니다."

  광인은 어두운 집에서 해가 밝게 비치는 밖으로 뛰쳐나왔다. 그는 떡갈나무, 삼목, 삼나무 판자 냄새 가득한 골목을 뛰어갔다.

  목수 몇이 고개를 들고 혹시 그가 도둑은 아닌지 살펴보았다. 하지만 그는 아무것도 들고 있지 않았다.

  그는 시장까지 뛰어서 돌아가 걸음을 멈추고 멍한 눈으로 주위를 둘러보았다.

광인, 예언자, 칼 글로거, 시간 여행자, 정신과 의사 지망생, 진실의 탐구자, 피학대음란자, 죽음을 추구하고 예언자 콤플

렉스가 있으며 때를 잘못 만난 이는 숨을 헐떡이며 시장을 가로질러 갔다.
   그는 자신이 찾던 이를 만났다. 예수를, 마리아와 요셉의 아들을 만났다.
   그리고 예수를 보는 순간 예수가 선천적인 바보임을 확실히 깨달았다.

   빨간 모자를 쓴 명랑해 보이는 남자는 여전히 시장에 있었다. 그는 결혼 선물로 줄 냄비를 사고 있었다. 아까 보았던 낯선 이가 비틀거리며 지나가자 그는 그 광인을 향해 고개를 까닥해 보였다. "저 사람입니다."
   "어디서 온 자입니까?"
   "모르겠네요. 억양으로 보니 이 근처는 아닌데. 하는 말로 보아 아마 그 만날 얼굴을 찡그리고 사는 요셉 늙은이의 친척이 아닌가 싶네요. 그 있잖습니까, 부인이⋯⋯."
   냄비를 파는 남자가 이를 드러내며 씨익 웃었다.
   그들은 광인이 회당 담이 드리운 그늘에 주저앉는 것을 지켜보았다.
   "정체가 뭘까요? 광신도? 열심당원?" 냄비 상인이 말했다.
   다른 이가 고개를 저었다. "꼭 예언자처럼 보이지 않나요?

하지만 모르겠습니다. 어쩌면 자기가 살던 곳에서 곤궁에 처해 친척에게 도움을 구하러 온 것일지도 모르고……."

"요셉 노인의 도움을 구한다고요?" 상인이 껄껄거렸다.

"어쩌면 자기가 살던 곳에서 쫓겨났을 수도 있고요. 누가 알겠습니까? 요셉과 만난 게 잘 풀린 것 같지는 않네요. 만나러 간 지 얼마 안 되었는데 벌써 돌아온 걸 보니 말입니다." 빨간 모자를 쓴 남자가 말했다.

"달리 갈 데가 없을 텐데." 냄비 상인이 단호하게 말했다.

광인은 밤이 될 때까지 회당 담 옆에 앉아 있었다. 그는 아주 배가 고파졌다. 또한 몇 달 만에 처음으로 색욕을 느꼈다. 그 욕망은 마치 그를 구해주러 온 것만 같았다. 머릿속을 가득 채운 혼란을 잊을 수 있도록 도와주려고 온 것만 같았다.

광인은 천천히 일어나 다시 거리로 돌아가기 시작했다.

그는 목수들의 골목을 걸어갔다. 이제 그곳은 조용했다. 몇몇 집에서 두런거리는 소리가 들렸고 개 한 마리가 짖어댔다.

광인은 요셉의 집에 도착했다. 작업 의자는 사라지고 없었으며 나무 역시 마찬가지였다. 문에는 빗장이 걸려 있었다.

광인은 문을 두드렸다.

아무 대답도 없었다.

그는 본능에 사로잡혀 자기도 모르게 좀 더 세게 문을 두드렸다.

문이 열렸고, 마리아가 얼굴을 내밀고 그를 바라보았다. 마리아의 살찐 얼굴에는 다 안다는 웃음이 걸려 있었다.

"들어오슈. 그이는 몇 시간 전에 나인으로 떠났다우." 마리아가 말했다.

"전 배가 고픕니다." 그가 말했다.

"먹을 걸 좀 드리지."

부엌 어둠 속에서 뭔가가 움직였지만 광인은 그것을 보지 않았다. 그는 서둘러 옆방으로 갔다. 등불이 켜져 있었고, 사다리가 천장에 난 통로로 연결되어 있었다.

"여기서 기다리슈. 음식을 가져올 테니." 마리아가 말했다.

마리아는 부엌을 몇 번 왔다 갔다 하더니 처음에는 씻을 물을 가져왔고, 다음에는 육포와 빵이 담긴 접시와 포도주가 담긴 주전자를 가져왔다.

"이게 우리가 가진 전부라오." 마리아가 말했다.

마리아는 광인의 우울하고 구릿빛으로 그을린 얼굴을 살폈다. 그는 몸의 먼지를 닦아냈고 머리와 턱수염을 빗었다. 그러고 나니 꽤 잘생겨 보였다. 하지만 음식을 먹는 내내 눈을 내리깐 채 마리아를 정면으로 보려 하지 않았다.

마리아는 이제 거칠게 숨을 쉬고 있었다. 그녀의 뚱뚱한 몸은 더는 욕망을 주체할 수가 없었다. 그녀는 종아리 위로 치마를 걷어 올리고는 가랑이를 쫙 벌리고 근처의 걸상에 걸터앉았다.

그는 계속 음식을 씹었지만 이제 시선은 마리아의 몸을 향했다.

"서둘러요." 마리아가 말했다.

그는 음식을 다 먹고 마지막 남은 포도주를 천천히 마셨다.

이윽고 마리아가 그 위에 올라타더니 넝마가 된 허리감개를 두 손으로 찢고 그의 성기를 움켜쥐었다. 그녀의 입술이 그의 얼굴을 더듬었으며 거대한 몸이 그 위에서 활처럼 휘었다.

광인은 헐떡이며 마리아의 치마를 들어 올렸고, 손가락을 그녀 안에 파묻고 그녀를 껴안고 몸을 흔들며 함께 바닥으로 굴렀고, 서둘러 여자의 가랑이를 벌렸다.

마리아는 신음을 했고, 비명을 질렀고, 호통을 쳤고, 경련을 일으켰고, 손톱으로 등을 할퀴었으며 이윽고 그가 계속 그녀 안으로 돌진하는 동안 가만히 누워 있었다. 하지만 욕망이 사라졌고 그는 사정을 할 수가 없었다. 그는 한숨을 쉬었고, 순간 머리 위를 힐긋 보았다.

문가에 바보가 서서 둘을 지켜보고 있었다. 그의 턱으로 침이 질질 흘러내렸으며 얼굴에는 멍청한 웃음이 걸려 있었다.

13

말씀이 사람이 되셔서 우리와 함께 계셨다.

〈요한 복음〉 1장 14절

매주 화요일, 만다라 서점 위층의 빈 방에서는 융 토론회가 열려 그의 학설에서 이해하기 어려운 부분을 논의하고 집단 분석과 치료를 했다.

그 모임을 조직한 이는 칼이 아니었지만 칼은 기꺼이 자기 건물을 쓰게 허락했다. 일주일에 한 번씩 비슷한 생각을 하는 사람들과 이야기를 하는 것은 큰 위안이었다.

이들이 모인 것은 융에 대한 흥미 때문이었지만 모두 각자의 특별한 관심사가 있었다. 리타 블렌 부인은 비행접시의 궤도를 도표로 정리했다. 하지만 부인이 진짜로 비행접시의 존재를 믿는지 여부는 확실하지 않았다. 휴 조이스는 융의 원형은 모두 수천 년 전에 사라진 무대륙† 사람들에서 비롯했다고 확신했다. 모임에서 가장 젊은 앨런 체다는 인도의 신비주의에 관심이 있었고, 모임을 조직한 샌드라 피터슨은 주술에 대해 무척이나 조예가 깊었다.

제임스 헤딩턴은 시간에 관심이 있었다. 물리학자이자 전시 물품 개발자인 제임스 헤딩턴 경은 이 모임의 자랑으로, 아주 부자였고 연합군의 승리에 기여한 공로로 온갖 훈장을 다 받은 사람이었다. 그는 전쟁 중에 필요한 물건을 임시변통으로 만들어내는 기술로 유명했지만 나중에는 육군성의 골칫거리가 되었다. 정부는 그가 돌았다고 여겼으며, 더욱 골치 아픈 건 공공연하게 그 광기를 드러낸다는 점이었다.

제임스 경은 얼굴이 마르고 귀족적이었으며(실제로는 노우드의 중산층 집안에서 태어났다), 가는 입술은 약간 까다로워 보였고, 길고 부스스한 백발에, 눈썹은 짙은 검은색이었다. 그는 시대에 뒤떨어지는 정장을 입었고, 아주 밝은 꽃무늬 셔츠를 입고 넥타이를 했다. 때때로 그는 모임에서 자신이 만드

---

† 기원전 7만 년경에 남태평양에 존재했다고 전해지는 가상의 대륙.

는 타임머신에 대해 이야기했다. 사람들은 그런 그의 비위를 잘 맞추었다. 그들 대부분은 다른 이들의 다른 흥미에 연관된 자기 경험을 살짝 과장하는 경향을 보였다.

어느 화요일 저녁 모두가 떠나고 난 뒤, 헤딩턴은 칼에게 밴버리에 있는 자기 연구실을 보고 싶은 맘이 없는지 물었다.

"지금 난 온갖 끝내주는 실험들을 하고 있어. 토끼를 시간을 통과시켜 보낸다든가 하는 실험이지. 내 연구실을 꼭 봐야만 한다고."

"못 믿겠는걸요." 칼이 말했다. "정말 뭔가를 시간을 관통해 보낼 수 있단 말인가요?"

"아, 그렇다니까. 자네에게 처음으로 알려주는 거야."

"못 믿겠군요!" 그리고 칼은 믿을 수 없었다.

"와서 두 눈으로 직접 보라고."

"왜 제게 그걸 알려주는 건가요?"

"음, 모르겠어. 그냥 그러고 싶어서랄까."

칼이 싱긋 웃었다. "그럼, 알았어요. 들를게요. 언제가 좋겠어요?"

"언제든 편할 때 와. 금요일에 와서 주말 동안 머물러 있는 건 어때?"

"정말 괜찮겠어요?"

"괜찮다니까!"

"제 여자 친구랑 같이……."

"음……." 헤딩턴이 모호한 표정을 지었다. "지금은 내가 하는 일을 사방에 떠벌리고 다닐 단계가 아니라서 좀 조심스러운데……."

"그러면 혼자 가겠습니다."

"좋았어! 패딩턴에서 6시 10분 기차를 타면 돼. 역에서 만나도록 하지. 금요일에 보자고."

"금요일에 뵙겠습니다."

칼은 떠나는 헤딩턴을 지켜보며 씨익 웃었다. 저 사람은 아마도 미쳤으리라. 소위 실험실이라는 곳에는 온갖 전자제품 잡동사니가 가득할 터였지만, 런던을 떠나 밴버리에서 주말을 보내며 그곳에서 무슨 일이 벌어지는지 보는 건 재미있을 것 같았다.

헤딩턴은 밴버리에서 2마일 정도 떨어진 마을에 크고 낡은 목사관과 그 부지를 가지고 있었다. 그곳에 지어진 실험실은 꽤 새것이었다.

헤딩턴은 청년 둘을 정식 조수로 채용하고 있었다. 물리학자 헤딩턴이 칼을 본채로 안내할 때 조수 둘은 막 퇴근하려던 참이었다.

칼이 생각했던 대로, 그곳은 용도를 알 수 없는 기구들이 전선범벅이 되어 난잡하게 들어서 있었다.

"이쪽이야." 헤딩턴은 칼의 팔을 잡고 좀 덜 지저분한 쪽으로 안내했다. 넓은 작업대 위에는 전선으로 연결된 검은 상자들이 몇 개 있었고, 그 중앙에 은회색의 다른 상자가 있었다.

헤딩턴은 손목시계를 힐긋 보더니 검은 상자들에 있는 눈금판을 살펴보았다. "자, 보라고." 그는 여러 조종장치를 만졌다. 잠시 후 방 한쪽 구석에 쌓여 있는 우리 더미로 가더니 꿈틀거리는 하얀 토끼를 꺼냈다. 그는 토끼를 은색 상자에 넣고는 검은 상자의 조종장치들을 좀 더 만진 다음 작업대에 나사못으로 고정되어 있던 스위치를 켰다. "전원을 넣고." 헤딩턴이 말했다.

칼은 눈을 끔벅였다. 잠시 공기가 흔들리는 듯해 보였다. 은색 상자가 사라졌다.

"맙소사!"

헤딩턴이 킬킬거렸다. "봐. 시간을 통과해 간 거야!"

"사라졌군요." 칼이 동의했다. "하지만 그렇다고 그게 미래로 갔다는 증거가 되지는 못해요."

"맞아. 사실, 그 상자는 과거로 갔어. 미래로는 갈 수 없거든. 순간의 불가능함이지."

"그러니까 제 말은, 토끼가 시간을 관통해 어디로든 갔다는 걸 증명할 수 없다는 겁니다."

"달리 갈 데가 어디 있겠어? 내 말을 믿어, 칼. 좀 전의 토끼는 100년 전으로 갔어."

"어떻게 알지요?"

"단기 실험들로 증명했어. 난 원하는 시간으로 꽤 정확히 보낼 수 있다고. 날 믿어."

칼은 가슴을 가로질러 팔짱을 끼었다. "당신을 믿습니다, 제임스 경."

"우리는 이제 커다란 걸 만들고 있어. 사람을 과거로 보낼 수 있는 거지. 단 하나 문제는 현재로서는 그 여행이 좀 조악하다는 거야. 보라고……." 헤딩턴이 가장 가까이에 있는 검은 상자의 단추를 만지자 곧바로 은색 상자가 작업대로 돌아왔다. 칼이 그것을 만져봤다. 꽤 뜨거웠다.

"여기 왔군." 헤딩턴이 상자에 손을 뻗어 토끼를 꺼냈다. 토끼 머리는 피범벅이었으며 뼈는 모두 부러진 듯했다. 살아 있었지만 끔찍한 고통을 겪고 있을 게 분명했다. "내 말이 무슨 뜻인지 알겠지?" 헤딩턴이 말했다. "불쌍한 녀석."

칼이 고개를 돌렸다.

서재로 돌아온 헤딩턴은 자기 실험에 대해 칼에게 설명하기 시작했다. 하지만 그는 칼이 물리학 용어에 익숙하다고 착각했으며, 칼은 너무나 자존심이 셌기 때문에 자신이 물리학에 대해서는 아무것도 모른다는 사실을 인정할 수 없었다. 그래서 헤딩턴이 열심히 설명을 하는 몇 시간 동안 칼은 의자에 앉아 그의 말을 알아듣는 척 고개만 끄덕였다.

나중에 헤딩턴은 칼에게 잘 침실을 보여주었다. 떡갈나무 패널이 둘린 방이었으며, 널찍하고 편안한 현대식 침대가 있었다.

"잘 자게." 헤딩턴이 말했다.

그날 밤, 칼이 인기척에 잠에서 깨어보니 침대 가장자리에 누군가 앉아 있는 게 보였다. 헤딩턴이었다. 그리고 그는 실오라기 하나 걸치지 않은 상태였다. 헤딩턴이 칼의 어깨에 손을 얹었다.

"자네가 거부하지 않을……." 헤딩턴이 말했다.

칼이 고개를 저었다. "미안합니다, 제임스 경."

"아, 그래." 헤딩턴이 말했다. "아, 그렇군."

헤딩턴은 즉시 방을 나섰고, 칼은 자위를 하기 시작했다.

며칠 뒤 헤딩턴은 전화를 걸어 다시 한 번 밴버리에 올 생각이 없는지 물었지만 칼은 정중히 사양했다.

"우리는 사소한 문제들을 마무리하는 중이야." 헤딩턴이 칼에게 말했다. "예를 들어, 우리는 승객을 보호할 수 있는 최선의 방법이 무엇인지 알아냈지. 하지만 조수 둘 가운데 아무도 자원해 타보려고 하지 않는군. 자네도 흥미 없겠지, 칼?"

"네." 칼이 말했다. "미안합니다, 제임스 경."

다음 몇 주 동안, 칼은 심란했다. 모니카가 그를 보러 오는 횟수가 점차 줄어들었고, 만났을 때에도 모니카는 그 어떤 종류의 섹스에도 전혀 관심을 보이지 않았다.

어느 밤, 칼은 성을 내며 모니카에게 고함을 질러대기 시작했다.

"대체 무슨 문제야? 넌 요즘 아이스크림 통처럼 차갑다고!"

30분 정도 칼의 고함을 참고 듣던 모니카가 힘없이 말했다. "진작 말했어야 하는데. 꼭 알아야겠다면 말해줄게. 나 다른 사람이랑 만나고 있어."

"뭐라고?" 칼은 즉시 침착해졌다. "못 믿겠어." 칼은 자기 말고 모니카에게 끌리는 사람은 아무도 없을 거라고 언제나 자신만만해왔었다. 칼은 하마터면 너 같은 걸 누가 좋아하겠냐고 물을 뻔했지만, 마음을 바꾸었다.

"어떤 놈이야?" 마침내 칼이 물었다.

"여자야." 모니카가 말했다. "병원에 있는. 그 애와 있으면 내가 달라지는 느낌이야."

"오, 맙소사!"

모니카가 한숨을 쉬었다. "사실, 안도가 돼. 그 관계에서 뭔가 많은 걸 얻을 수는 없지만……, 네 투정을 받아주는 게 이제는 지긋지긋해, 칼. 지긋지긋하고 피곤해."

"그렇다면 왜 완전히 날 떠나지 않는 거지? 이렇게 가끔씩 만나는 건 무슨 생각인 거야?"

"희망을 포기할 수 없는 거겠지." 모니카가 말했다. "아직도 잘하면 너를 사람답게 만들 수 있겠구나 하고 생각하는 거야. 난 바보인가 봐."

"날 뭐 어떻게 하겠다고?" 칼이 병적으로 흥분해 말했다. "날…… 무슨……? 넌 날 배신했어!"

"내 말뜻을 좀 잘 생각해봐. 이건 배신이 아니야, 칼. 이건 꼭 필요한 휴식이라고."

"그렇다면 영원히 휴식을 취해." 칼이 거칠게 말하고, 모니카의 옷을 그녀에게 집어 던졌다. "꺼져, 이 씹할 년아!"

모니카는 모든 것을 단념했다는 듯한 피곤한 표정으로 일어나 옷을 입기 시작했다.

모니카는 떠날 준비가 되자 문을 열었다. 칼은 침대에서 울고 있었다.

"잘 있어, 칼."

"꺼져!"

문이 닫혔다.

"나쁜 년! 이 쌍년!"

이튿날 아침, 칼은 제임스 헤딩턴 경에게 전화를 했다.

"마음을 바꿨습니다. 당신이 원하는 대로 하겠습니다. 당신의 실험 재료가 되도록 하지요. 단 한 가지 조건이 있습니다."

"그게 뭔가?"

"가는 시간대와 장소는 제가 고르겠습니다."

"좋네."

일주일 뒤, 둘은 전세를 낸 배를 타고 중동 지방으로 향했다. 다시 일주일 뒤, 칼은 1970년을 떠나 서기 28년에 도착했다.

14

은은한 향내가 나는 회당은 시원하고 조용했다. 그날 아침 떠날 때 마리아가 준 깨끗하고 하얀 로브를 입은 글로거는 랍비들의 안내를 받아 안뜰로 들어갔다. 마을 사람들과 마찬가지로, 랍비들 역시 그의 정체를 확실히 알 수는 없었지만 적어도 마귀에 사로잡힌 사람이 아니라는 것만은 확신했다.

가끔씩 글로거는 자기 몸을 내려다보았고, 마치 놀랍다는 듯이 몸을 만져보거나 어리둥절한 표정으로 로브를 더듬어보곤 했다. 그는 마리아를 거의 까맣게 잊었다.

"모든 사람에게는 구세주 콤플렉스가 있어, 칼." 한번은 모니카가 이렇게 말했다.

　이제 그 기억들은, 그걸 기억이라 부를 수 있다면 말이지만, 뚜렷하지 않았다. 칼은 혼란스러워졌다.

　"당시 갈릴리에는 구세주라고 불리던 이가 수십 명이 있었어. 예수도 그런 구세주 가운데 하나였지만 역사의 우연으로 인해 그 신비와 철학이 전해져 내려오는 것뿐이야……."

　"아니, 단지 그런 이유 때문만은 아닐 거야, 모니카."

갈릴리 곳곳에는 정처 없이 부랑하는 예언자들이 많았고, 이들이 불법 분파 소속이 아니라면 쉴 곳을 제공해주는 것이 랍비들의 풍습이었다.

　이 사람은 다른 이들보다 더 묘했다. 얼굴은 거의 변화가 없었고 몸은 뻣뻣했으며 종종 눈물이 뺨을 타고 흘러내렸다. 랍비들은 이렇게 번민에 빠진 이의 눈을 본 적이 없었다.

"과학은 '어떻게'라는 질문에 답을 주는 것이지 '왜'라고 묻지는 않아. 대답을 할 수 없거든." 칼이 모니카에게 말했다.

　"누가 알고 싶어 하는데?" 모니카가 대답했다.

　"나."

"흠, 하지만 절대로 알아내지 못할걸?"

쌍년! 배신자! 나쁜 년!
  왜 사람들은 늘 그를 실망시키는 걸까?

"앉으시지요." 랍비가 말했다. "우리에게 무엇을 묻고 싶으신가요?"
  "그리스도는 어디에 있습니까?" 그가 물었다.
  사람들은 글로거가 말하는 언어를 이해하지 못했다.
  "그리스어인가요?" 한 명이 물었지만 다른 사람이 고개를 저었다.

키리오스: 주님
  아도나이: 주님
  주님은 어디에 있었습니까?

글로거는 얼굴을 찡그리고는 대충 주위를 살펴보았다.

"저는 쉬어야 합니다." 그가 랍비들의 언어로 말했다.

"어디서 오시었습니까?"

글로거는 뭐라 대답해야 할지 알 수 없었다.

"어디서 오시었습니까?" 랍비가 다시 물었다.

한참 있다 마침내 그가 중얼거렸다. "하-올람 합-바⋯⋯."

랍비들은 서로를 바라보았다. "하-올람 합-바." 그들이 말했다.

하-올람 합-바, 하-올람 하-제: 도래할 세상, 그리고 현세.

"우리에게 메시지를 가져오셨습니까?" 랍비 한 명이 말했다. 이 예언자는 너무나도 달랐다. 너무나 낯설었기에 진짜 예언자라고 해도 믿길 정도였다. "메시지가 있습니까?"

"모릅니다." 예언자가 쉰 목소리로 말했다. "저는 쉬어야만 합니다. 저는 더럽습니다. 저는 죄를 지었습니다."

"따라오십시오. 음식과 쉴 곳을 제공해드리겠습니다. 씻을 곳과 기도할 곳으로 안내해드리겠습니다."

하인들이 따뜻한 물을 가져왔고, 글로거는 몸을 씻었다. 하인들이 턱수염, 머리털을 손질해주고 손톱, 발톱을 깎아주었다.

이윽고 랍비들이 손님용으로 마련해둔 거처로 하인들이 맛있는 음식을 가져왔다. 하지만 음식이 잘 넘어가지 않았다. 짚을 넣은 매트리스는 너무 푹신했다. 글로거는 그런 매트리스가 익숙하지 않았다. 하지만 요셉의 집에서는 제대로 쉬지 못했기에 그 매트리스 위에 누웠다.

글로거는 자면서 악몽을 꾸며 비명을 질렀고, 랍비들은 방 밖에서 그 소리를 들었지만 그가 무엇을 말하는지 알아들을 수 없었다.

"난 자네가 여러 가지 준비를 해야 하지만 다람어는 필요 없다고 생각한 듯해, 칼! 자네가 그걸 쓸……."

나의 악마, 나의 요부, 나의 욕망, 나의 십자가, 나의 사랑, 나의 욕구, 나의 필요, 나의 음식, 나의 덫, 나의 주인, 나의 노예, 나의 살, 나의 만족, 나의 파괴자.

아, 내가 강했더라면 무척이나 아름다웠을 날들을 위해, 에바를 비롯해서 내 약함 때문에 나를 원하지 않았던 이들을 위해, 용자에게 허용되는 그 모든 보상들을 위해, 강자에게 주어지는 그 모든 본질을 위해, 나는 원하노라. 이것이 마지막

아이러니구나.

  피할 수 없으며 정당한, 정식 아이러니.

  그리고 나는 만족스럽지 않다.

칼 글로거는 회당에서 몇 주간 머물렀다. 그는 그 대부분을 문서실에서 기다란 두루마리들을 읽으며 그 안에서 자기 딜레마에 대한 해답을 찾았다. 구약의 내용은 많은 경우에 여러 다른 뜻으로 해석을 할 수 있기 때문에 혼란만 더해줄 뿐이었다. 대체 무엇이 잘못되었는지에 대해서 아무런 단서도 찾을 수 없었다.

이건 코미디야. 내가 이런 대접을 받아야 하는 건가? 희망이 없는 건가? 해답이 없는 건가?

랍비들은 대부분의 경우 글로거를 혼자 두려 했다. 그들은 글로거를 신성한 인물로 받아들였다. 자신들의 회당에 글로거가 손님으로 있는 걸 자랑스러워했다. 그들은 글로거가 하느님에게 특별히 선택된 사람이라고 확신했으며 그로부터 설교를 들을 때를 끈기 있게 기다렸다.

 하지만 이 예언자는 거의 말을 하지 않았고, 가끔 혼잣말로 중얼거릴 때조차 그들의 언어와 그들이 알아들을 수 없는 언어를 마구 섞어 썼으며, 심지어 랍비들에게 말을 할 때조차도 그랬다.

 나사렛 사람들은 시간만 나면 회당에 있는 이 신비로운 예언자에 대해 수군거렸다. 사람들은 이 예언자가 요셉의 친척이며 요셉이 이제 그 사실을 자랑스레 인정한다는 것을 알았다. 사람들은 늘 인상을 쓰고 사는 요셉이 어쨌든 다윗의 직계라는 사실을 알고 있었다. 그러므로 예언자 역시 다윗의 직계였다. 이는 모두가 동의하는 중요한 의미였다.

 사람들은 랍비들에게 질문을 했지만, 현자들은 그들에게 각자 자기 일로 돌아가라며 아직은 아무것도 밝힐 때가 아니라고만 말할 뿐이었다. 성직자들이 늘 그러했듯이, 이런 식으로 해서 랍비들은 자신들이 대답할 수 없는 질문을 회피하는 동시에 실제 아는 것보다 훨씬 더 많은 지식이 있는 것처럼 보이게 했다.

 그러던 어느 안식일, 글로거는 회당의 공공 구역에 모습을 드러냈고, 예배를 드리러 온 다른 사람들과 함께 자리를 했다.

 글로거의 왼쪽에서 두루마리를 읽던 남자가 눈가로 예언자를 힐긋거리며 단어를 더듬거렸다.

예언자는 자리에 앉아 귀를 기울였지만 어딘가 멍한 표정이었다.

최고 랍비는 애매한 시선으로 예언자를 보더니 그에게 두루마리를 넘기라는 신호를 보냈다. 그러자 한 소년이 황급히 두루마리를 받아 예언자에게 넘겨주었다.

예언자는 한참 동안 단어들을 바라보았다. 그는 놀란 듯한 표정이었고, 흡사 읽기를 거부하는 듯해 보였다. 하지만 이윽고 어깨를 펴더니 평소의 독특한 억양이 거의 사라진, 낭랑한 목소리로 두루마리를 읽어나갔다. 그는 이사야부터 읽었다.

사람들은 집중해 들었다.

"주님의 성령이 나에게 내리셨다. 주께서 나에게 기름을 부으시어 가난한 이들에게 복음을 전하게 하셨다. 주께서 나를 보내시어 묶인 사람들에게는 해방을 알려주고 눈먼 사람들은 보게 하고, 억눌린 사람들에게는 자유를 주며 주님의 은총의 해를 선포하게 하셨다." 예수께서 두루마리를 말아서 시중들던 사람에게 되돌려주고 자리에 앉으시자 회당에 모였던 사람들의 눈이 모두 예수에게 쏠렸다.

〈루가 복음〉 4장 18-20절

그 뒤로 글로거는 성서를 다시는 연구하지 않았으며 대신 거리를 다니며 사람들과 이야기를 나누었다. 사람들은 존경심을 보이며 온갖 문제에 대해 그에게 조언을 구했고, 그는 최선을 다해 좋은 조언을 해주었다.

에바와 함께했던 처음 몇 주 이후, 이런 기분은 처음이었다. 글로거는 다시는 이런 기분을 잃지 않기로 결심했다.

처음 사람들이 글로거에게 병자에게 손을 올려놓고 축복을 내려달라고 했을 때 그는 망설이며 거절했다 하지만 친척들의 설명에 따르면 병은 신경성 시각 장애가 확실했고, 그 설명을 들은 그가 여자의 눈 위에 손을 올려놓자 시각 장애가 사라졌다.

글로거는 자신도 모르게 흥분해 회당의 자기 거처로 돌아왔다. 이곳에서는 온갖 종류의 신경증 환자들이 득실거렸다.

시대의 산물일 수도 있었지만, 글로거는 확실한 원인을 알 수 없었다. 마침내 글로거는 더는 그 생각을 안 하기로 했다. 걱정은 나중에 해도 되었다.

이튿날 글로거는 마리아가 시장을 가로질러 오는 것을 보았다. 마리아는 자기 사생아가 걸친 외투를 잡아끌며 함께 오고 있었다. 글로거는 급히 몸을 돌려 회당으로 들어갔다.

15

글로거는 나사렛을 떠나 갈릴리 호수로 향했고, 사람들은 그런 그를 뒤따랐다. 글로거는 사람들에게서 받은 하얀 새 아마포 로브를 입었다. 그는 위엄 있고 우아한 자세로 움직였다. 위대한 지도자이자 위대한 예언자에 걸맞은 자세였다. 그러나 비록 사람들은 자신들이 글로거를 뒤따른다고 생각했지만, 사실은 앞세워 몰고 있었다.

가는 길에 다른 사람들의 질문을 받은 그들은 말했다. "저분은 우리 구세주이십니다." 그리고 벌써 수많은 기적에 대한 소문이 돌았다.

나의 구속, 나의 역할, 나의 운명. 다른 유혹에 넘어가지 않으려면 먼저 비겁하지 않고 자만하지 않는 상태가 되어야 한다. 진실을 이루기 위해 사는 거짓 삶. 내가 나를 배신했기 때문에, 나는 나를 배신한 수많은 사람들을 배신했어.

하지만 모니카는 이제 내 실용주의를 인정할 거야……

글로거는 병자를 보면 가엾게 여겼고 할 수 있는 것이면 뭐든 해주려 했다. 그가 뭔가를 해주길 병자들이 원했기 때문이었다. 많은 경우 아무런 도움이 되지 못했지만, 신경성 육체 질환이 확실한 경우에는 도움이 될 수 있었다. 병자들은 자기 병이 치유될 수 없다는 믿음보다 글로거의 능력을 더욱 굳건히 믿었다. 그래서 그는 병자들을 치유했다.

글로거가 가버나움에 도착했을 때 50명 정도 되는 사람들이 그를 따라 함께 왔다. 당시 세례자 요한은 갈릴리에서 무척 신망이 높았으며 많은 바리새인들이 세례자 요한을 진정한 예언자라고 선포했는데, 그가 그런 세례자 요한과 어떤 식으로든 관계가 있다는 사실이 이미 퍼져 있었다. 사람들은 그가 여러 면에서 세례자 요한보다 위대한 능력을 지녔다고 여겼다. 그는 세례자 요한과 같은 웅변가는 아니었지만 기적을 수행했다.

갈릴리의 수정 같은 호수 옆에 자리 잡은 가버나움은 불규칙하게 확장되고 있는 마을로, 커다란 집들 사이로는 직거래용으로 운영되는 자그마한 밭들이 있었다. 하얀 부두 지역에는 고기잡이배들이 정박해 있었고 호수 옆 촌락들을 상선들이 오갔다.

비록 호수 사방으로 녹색 언덕들이 있었지만 가버나움은 언덕들 사이 평지에 자리 잡고 있었다. 갈릴리 부근의 다른 마을과 마찬가지로 조용한 곳이었으며 이교도들이 많이 살았다. 그리스와 로마와 이집트의 상인들이 거리를 걸어 다녔고, 많은 이들이 그곳에 거주지가 있었다. 가버나움은 다른 곳에 비해 작은 마을이었지만 갈릴리, 드라고닛, 시리아 지역의 접경에 있었기 때문에 무역과 여행에 유용한 연결점이 되었고, 그 때문에 의사, 변호사, 학자, 상인, 기술공, 선주와 같은 부유한 중산층들이 살았다.

아마포 로브를 몸에 둘둘 만, 이상하고 미친 예언자와 대부분은 가난한 사람들이지만 부자들도 섞여 있는 이질스러운 추종자 무리들이 가버나움에 도착했다.

가버나움에는 이 예언자가 미래를 내다볼 수 있다는 소문이 퍼져 있었다. 그는 이미 헤롯이 요한을 체포하리라 예언했으며, 얼마 지나지 않아 헤롯은 페레아에서 요한을 체포했다고 했다.

가버나움 사람들은 그 소문에 깊은 인상을 받았다. 그는 보통 예언자들이 하는 식으로 어려운 용어를 사용해 두루뭉술하게 예언하지 않았다. 그는 가까운 미래에 일어날 일들을 말했으며 또한 자세하게 말을 했다.

이 시점에서 그의 이름을 아는 이는 아무도 없었다. 바로 그 점이 이 예언자를 더욱 신비롭고 고매하게 보이게 했다. 그는 그냥 나사렛의 예언자, 또는 나사렛 사람이라 불렸다.†

어떤 이는 그가 나사렛에 사는 목수의 친척 또는 아들이라고 했는데, 이는 '목수의 아들'과 '마법사'를 표현하는 단어가 거의 비슷해서 그 때문에 혼동을 한 탓이었다.

심지어 그의 이름이 예수라는 소문도 아주 희미하지만 존재했다. 그 이름이 한두 번 정도 쓰였지만, 사람들이 예언자에게 예수가 진짜로 그의 이름인지 묻자 그는 부정을 하거나 애매한 태도로 아예 답하는 것을 거부했다.

그의 설교에는 세례자 요한이 보였던 정열이 부족했으며, 언급하는 내용은 무척이나 완곡했기 때문에 호기심을 품고 그의 설교를 들으러 온 종교인이나 학자들조차 이해하기 어려웠다.

이 예언자는 부드럽고, 꽤 애매하게 이야기를 했고, 자주 웃

---

† 기독교에서 나사렛 사람은 예수를 칭한다.

음을 지었다. 또한 그는 이상한 방식으로 하느님을 이야기했으며, 세례자 요한과 마찬가지로 에세네파와 관계가 있는 듯했다. 에세네파가 그러하듯 설교에서 부의 축적을 부정하고 인류를 형제라고 말했기 때문이다.

하지만 예언자가 가버나움의 우아한 회당으로 인도되었을 때 사람들이 보길 원한 것은 기적이었다.

그 이전의 예언자들은 그 누구도 병자를 치료하거나 사람들이 마음속에 감추고 있는 고통을 먼저 알아주지 못했다. 사람들이 반응을 한 것은 예언자가 입 밖으로 내는 단어가 아니라 그가 보이는 교감이었다.

하지만 종종 그는 이야기하기를 거부하고 혼자서 자신의 생각에 잠겼으며, 그럴 때면 그의 눈빛은 고통으로 가득했고, 이를 본 사람들은 그가 원하는 대로 혼자 있게 했다. 예언자가 이렇게 행동할 때면 사람들은 그가 하느님과 교통을 한다고 믿었다.

이런 시간은 점차 짧아졌으며, 그는 점차 병자와 불쌍한 이들과 보내는 시간을 늘렸고, 자신이 이들을 위해 할 수 있는 일을 했으며, 심지어 가버나움의 현자와 부자까지도 그를 존경하게 되었다.

칼 글로거가 겪은 가장 커다란 변화는 살면서 처음으로 그가 칼 글로거에 대해 잊었다는 점이었다. 생애 처음으로 그는 자신이 너무 나약해 할 수 없으리라고만 생각했던 일을 했으며 동시에 그의 가장 커다란 야망, 즉 그가 정신의학 공부를 포기하기 전에 성취하고자 했던 것을 성취할 수 있었다.

그리고 그것 말고도 더 있었다. 그건 머리가 아닌 가슴으로 느낄 수 있는 것이었다. 이제 그는 사막에서 세례자 요한으로부터 도망쳤던 당시 자기 삶이 진 빚을 구속하고 확증할 기회를 얻었다.

하지만 지금 칼 글로거가 사는 건 그 자신의 삶이 아니었다. 그는 삶에 신화를, 아직 태어나지 않은 신화를 끌어오고 있었다. 그는 일종의 영적인 회로를 완성하고 있었다. 그는 역사를 바꾸는 게 아니라고, 단지 역사에 좀 더 본질을 부여해주는 것뿐이라고 자신에게 되뇌었다.

예수가 신화에 불과하다는 생각을 도저히 견딜 수 없었기 때문에, 그는 예수를 신화가 형성되는 과정에서 창조된 인물이 아닌 실존 인물로 만드는 것을 자신의 임무로 삼게 되었다. 예수가 실존 인물이든 아니든 그에게 왜 그리 큰 문제였을까? 그는 궁금했다. 하지만 곧바로 그 질문을 머릿속에서 지웠다. 그 질문은 그에게 커다란 혼란만 주었으며 덫과 회피와 또다시 자기 배신의 가능성을 제공하는 듯했기 때문이다.

그래서 글로거는 회당을 다니며 설교를 했다. 그는 설교에서 지금까지 묘사되었던 하느님과는 다르게 그 존재를 온화하게 표현했으며 기억이 나는 경우에는 사람들에게 우화를 들려주었다.

그리고 점차 그가 하는 일을 지적으로 정당화해야 할 필요가 희미해졌으며 그의 주체성은 점차 희박해지면서 다른 이의 주체성으로 대치되어갔다. 그러면서 자신이 선택한 역할에 더욱더 큰 본질을 부여해나갔다. 모든 면에서 그것은 융의 제자가 흥미로워할 역할, 즉 원형적 역할이었다. 그것은 단순한 모방을 넘어서는 역할이었다. 그가 최후의 세세한 면까지 연기해야만 하는 역할이었다.

칼 글로거는 자신이 찾아다니던 본질을 발견했다. 하지만 의심이 완전히 사라졌다고 할 수 있는 정도는 아니었다.

때마침 그 회당에 더러운 마귀가 들린 한 사람이 와 있다가 큰소리로 "나사렛 예수님, 왜 우리를 간섭하시려는 것입니까? 우리를 없애려고 오셨습니까? 나는 당신이 누구신지 압니다. 하느님께서 보내신 거룩한 분이십니다." 하고 외쳤다. 예수께서는 "입을 다물고 이 사람에게서 썩 나가거라." 하고 꾸짖으셨다. 그러자 마귀는 사람들이 보는 앞에서 그 사람을 쓰러뜨리고 떠나갔다. 그러나 그 사람은 아무런 상처도 입지 않았다. 이것을 본 사람들은 모두 놀라며 "정말 그 말씀은 신기하구나! 권위와 능력을 가지고 명령하시니 더러운 귀신들이 다 물러가지 않는가!" 하면서 서로 수군거렸다. 예수의 이야기가 그 지방 방방곡곡에 퍼져나갔다.

〈루가 복음〉 4장 33-37절

16

나는 믿는다, 나의 변호인이 살아 있음을! 나의 후견인이 마침내 땅 위에 나타나리라.

〈욥기〉 19장 25절

오 복된 죄여, 너로써 위대한 구세주를 얻게 되었도다.

기도서 〈성토요일 부활찬송〉

"집단 환각이야. 기적, 비행접시, 유령, 이드에서 나온 괴물, 다 똑같아." 모니카가 말했다.
"그럴 가능성이 아주 높지. 하지만 '왜' 사람들이 그런 걸 보는 걸까?" 칼이 대답했다.

"그런 걸 보고 싶어 하니까."

"왜 그런 걸 보고 싶어 할까?"

"두려우니까."

"그게 이유의 전부라고 생각해?"

"그 정도면 충분하지 않아?"

글로거가 가버나움을 처음으로 떠났을 때, 많은 사람들이 그와 함께했다.

마을에 머무르는 건 불가능하게 되었다. 그가 일으키는 기적을 바라고 사람들이 많이 몰려드는 바람에 다른 일들이 거의 마비될 지경에 이르렀기 때문이다.

그래서 그는 마을들 사이의 공터에서, 언덕 비탈에서, 강둑에서 설교를 했다.

글로거는 자신과 뭔가 공통점이 있어 보이는 박식하고 똑똑한 사람들과 이야기를 했다. 그런 사람들 가운데에는 시몬, 야곱, 요한과 같은 고기잡이 선단의 소유주도 있었다. 다른 사람들 가운데 한 명은 의사였고, 한 명은 가버나움에서 그의 설교를 처음 들은 공무원이었다.

"열두 명이어야 합니다." 어느 날 글로거가 사람들에게 말하고 싱긋 웃었다. "열두 명이어야만 합니다."

그리고 글로거는 이름을 기준으로 그 열두 명을 뽑았다. "여기에 베드로라는 사람이 있나요? 유다라는 사람이 있나요?"

그리고 사람들이 다 뽑히자, 글로거는 열두 명과 이야기를 하고 싶다며 다른 사람들에게 잠시 물러가 있으라고 했다.

내가 기억할 수 있는 한 똑같아야 해. 차이나 어긋남이 있을 수는 있겠지만 적어도 기본 골격은 제대로 만들어야 해.

사람들은 글로거가 조심스레 말하지 않는다는 사실을 깨달았다. 그는 세례자 요한이 했던 것보다도 더욱 구체적으로 비난을 했고 예시를 들었다. 그렇게 용감한 예언자는 무척 드물었다. 그렇게 속내를 드러내는 예언자는 무척 드물었다.

글로거의 주장에서 상당 부분은 낯설었다. 그가 말하는 내용의 많은 부분이 익숙하지 않았다. 바리새인 일부는 그가 신성모독을 한다고 여겼다.

글로거에게 그가 이루려는 대의를 위해서는 발언의 수위를 낮추어야 한다고 경고하는 이들도 종종 있었다. 하지만 그는 싱긋 웃고는 고개를 저을 뿐이었다. "아니, 전 제가 해야 하는 말을 해야만 합니다. 그 내용은 이미 결정되었습니다."

어느 날, 글로거는 마케루스 근처 정착지에서 온 남자를 만났다. 에세네파였다.

"요한이 당신과 이야기를 나누고 싶어 합니다." 에세네파 남자가 말했다.

"요한이 아직 죽지 않았습니까?" 글로거가 남자에게 물었다.

"요한은 페레아에 감금되어 있습니다. 제 생각에 헤롯은 너무 두려워 요한을 죽이지 못하는 듯합니다. 헤롯은 요한에게 성 안과 궁궐의 정원을 자유로이 다니도록 했으며 요한을 따르는 사람들과 이야기를 나누게 허락했습니다. 하지만 요한은 헤롯이 곧 용기를 되찾아 자기 목을 자르거나 돌로 쳐 죽이라는 명령을 내릴까 두려워합니다. 요한은 당신의 도움이 필요합니다."

"제가 어떻게 그 사람을 도울 수 있습니까? 그 사람은 죽을 운명입니다. 그 사람에게는 아무런 희망이 없습니다."

에세네파 남자는 이해할 수 없다는 표정으로 예언자의 광기 어린 눈동자를 바라보았다.

"하지만, 예언자님 말고는 요한을 도울 수 있는 이가 아무도 없습니다."

"그 사람은 누구의 도움도 받아서는 안 됩니다. 그 사람은 죽어야만 합니다."

"요한은 만약 당신이 도움 주길 거절하면 이렇게 전하라 했습니다. 당신은 전에도 한 번 자기를 실망시켰는데, 이번에는 그러지 말라고 말입니다."

"전 그 사람을 실망시키는 게 아닙니다. 제가 실패한 일을 벌충하는 중입니다. 저는 제가 해야만 했던 일들을 모두 했습니다. 병자들을 치료했고 가난한 이들에게 설교를 했습니다."

"요한이 그런 것들을 원했는지는 몰랐습니다. 지금 요한은 도움이 필요합니다, 예언자님. 당신은 요한의 생명을 구할 수 있습니다. 당신은 강력하고 사람들은 당신의 말에 귀를 기울입니다. 헤롯은 당신의 요구를 거절할 수 없습니다."

예언자는 에세네파 사람을 데리고 열두 제자로부터 멀리 떨어진 곳으로 갔다.

"요한의 생명을 구할 수는 없습니다."

"그건 하느님의 뜻입니까?"

예언자는 말을 멈추고 땅을 바라보았다.

"요한은 죽어야만 합니다."

"예언자시여, 그건 하느님의 뜻입니까?"

예언자는 고개를 들고 엄숙하게 말했다. "만약 제가 하느님이라면, 그건 하느님의 뜻입니다."

절망에 빠진 에세네파 사람은 발길을 돌려 예언자로부터 물러났다.

  예언자는 세례자 요한을 떠올리며 한숨을 쉬었다. 자신이 세례자 요한을 얼마나 좋아했는지를 떠올렸다. 요한이 자기 목숨을 구하는 데 무척이나 중요한 역할을 했다는 것은 의심의 여지가 없었다. 하지만 글로거가 할 수 있는 일은 아무것도 없었다. 세례자 요한은 죽게 되어 있었다.

글로거는 추종자들과 함께 갈릴리를 관통했다. 교양 있는 열두 제자를 빼고 나머지 추종자들은 대부분이 여전히 가난한 자들이었다. 그들에게 그는 부자가 될 유일한 희망을 제공했다. 그들 가운데 상당수는 요한을 따라 로마에 반기를 들 준비를 해온 터였다. 하지만 지금 요한은 감금되어 있었다.

  어쩌면 이 남자가 자신들을 이끌고 반란을 일으켜 예루살렘과 예리고와 카이사레아의 부를 약탈해주지는 않을까?

  피곤하고 허기진 채로 이들은 이글거리는 태양 아래 눈빛을 번득이며, 하얀 로브를 입은 남자를 뒤따랐다. 이들은 희망이 필요했으며 희망을 품어야 할 이유를 발견했다. 이들은 예언자가 커다란 기적을 행하는 모습을 목격했다.

  글로거는 배를 타고 설교를 하곤 했다. 한번은 그가 배에서 설교를 마치고 여울을 걸어 뭍으로 돌아오는데, 사람들 눈에는 그 모습이 물 위를 걷는 것처럼 보였다.

가을 내내 그들은 갈릴리를 유랑했고, 보는 사람들마다 세례자 요한이 참수당했다는 소식을 전했다. 세례자 요한의 죽음에 절망한 사람들은 이제 자신들이 알게 된 새로운 예언자에게 희망을 걸게 되었다.

카이사레아에서 이들은 도시를 지키는 로마 위병에게 쫓겨났다. 지방을 방랑하는 예언자들과 과격주의자들이 흔히 당하던 일이었다.

예언자의 명성이 커져감에 따라 이들은 다른 도시에서도 금지령을 받았다. 로마 당국뿐 아니라 유대 당국도 마찬가지였다. 이들은 요한이 하는 행동은 참아냈지만 새로운 예언자의 태도는 받아들이고 싶지 않아 보였다. 정치 상황이 달라지고 있었다.

음식을 구하는 게 점차 어려워졌다. 이들은 근근이 먹고살았으며 굶주린 짐승들처럼 배가 고팠다.

칼 글로거, 마법사이자 정신과 의사, 최면술사, 구세주인 그는 사람들에게 먹는 척하는 행동을 통해 배고픔을 잊는 방법을 가르쳤다.

바리사이파 사람들과 사두가이파 사람들이 와서 예수의 속을 떠보려고 하느님의 인정을 받았다는 표가 될 만한 기적을 보여달라고 하자 예수께서 이렇게 대답하셨다. "너희는 저녁때에는 '하늘이 붉은 것을 보니 날씨가 맑겠구나.' 하고 아침에는 '하늘이 붉고 흐린 것을 보니 오늘은 날씨가 궂겠구나.' 한다. 이렇게 하늘을 보고 날씨는 분별할 줄 알면서 왜 시대의 징조는 분별하지 못하느냐?"

〈마태오 복음〉 16장 1-3절

"좀 더 주의하셔야 합니다. 돌에 맞아 죽을 수도 있습니다. 사람들이 당신을 죽일 겁니다."
 "절 돌로 쳐 죽이지는 않을 겁니다."
 "그게 법입니다."
 "그건 제 운명이 아닙니다."
 "당신은 죽음이 두렵지 않습니까?"
 "저의 가장 큰 두려움은 아닙니다."

나는 나의 유령이 두렵다. 나는 꿈이 끝날까 두렵다. 나는······.
 하지만 난 이제 외롭지 않다.

글로거는 자신이 선택한 역할에 대한 신념이 흔들릴 때가 종종 있었고, 그럴 때면 자신이 보여주던 모습과 모순되는 말과 행동을 했으며, 그를 따르던 사람들은 혼란스러워하곤 했다.

이제 점차 사람들은 처음에 자신들이 들었던 바로 그 이름, '나사렛 사람 예수'로 예언자를 부르기 시작했다.

대부분의 경우 그는 사람들이 그 이름으로 자신을 부르는 것을 막지 않았지만, 어떤 때는 아주 화를 내며 쉰 목소리로 외쳐댔다.

"칼 글로거! 칼 글로거!"

그리고 사람들은 말했다. 보라, 저분은 아도나이의 목소리로 말을 한다.

"그 이름으로 나를 부르지 마시오!" 그는 고함치곤 했으며, 그러면 사람들은 혼란스러워했고 그의 화가 누그러질 때까지 그를 혼자 두었다. 대개, 그는 그리워 못 견디겠다는 듯이 다시 사람들을 찾았다.

나는 나의 유령이 두렵다. 나는 외로운 글로거가 두렵다.

사람들은 그가 거울을 보지 않으려 한다는 사실을 깨달았고,

그가 겸손하다고 여겼으며 그런 그를 따르려 애썼다.

날씨가 바뀌어 겨울이 오자 이들은 이제 자신들의 본거지가 된 가버나움으로 돌아갔다.
 가버나움에서 그는 겨울이 지나길 기다리며, 듣기를 원하는 모든 이에게 설교를 했다. 그가 하는 말 대부분은 예언에 대한 내용이었다.
 예언 가운데 상당 부분은 그 자신에 대한 내용 그리고 자신을 따르는 사람들의 운명에 대한 것이었다.

> 그리고 나서 예수께서는 자신이 그리스도라는 것을 아무에게도 말하지 말라고 단단히 당부하셨다. 그때부터 예수께서는 제자들에게 자신이 반드시 예루살렘에 올라가 원로들과 대사제들과 율법학자들에게 많은 고난을 받고 그들의 손에 죽었다가 사흘 만에 다시 살아날 것임을 알려주셨다.
> 〈마태오 복음〉 16장 20-21절

둘은 모니카의 아파트에서 텔레비전을 보고 있었다. 모니카는 사과를 먹고 있었다. 따뜻한 일요일 저녁 여섯 시에서 일곱 시 사이였다. 모니카가 반쯤 먹은 사과로 텔레비전 화면을 가리켰다.

"저 말도 안 되는 주장을 봐." 모니카가 말했다. "설마 저게 너한테 뭔가 의미가 있다고 말할 수는 없을 거야."

보고 있던 건 종교 프로그램이었다. 햄스테드 교회에서 있은 팝오페라 공연으로, 예수의 십자가형에 대한 내용이었다.

모니카가 말했다. "설교단에서 팝을 부르는 사람들이라, 어떻게 저렇게 망가질 수 있을까 몰라."

칼은 대답하지 않았다. 칼의 눈에도 그 프로그램은 어딘가 모르게 추잡해 보였다. 칼은 모니카에게 반론을 펼 수가 없었다.

"하느님의 시체가 이제는 정말로 썩기 시작하는 거야. 휴! 냄새 지독하네!" 모니카가 조롱을 했다.

"꺼버려, 그러면……."

"팝 그룹 이름이 뭐지? 구더기?"

"아주 재미있네. 내가 끌게, 그래도 되지?"

"아니, 난 보고 싶어. 재미있는걸."

"아, *끄자니까*!"

"그리스도 흉내 낸 것 좀 봐!" 모니카가 코웃음 쳤다. "어쩜 저렇게 끔찍하게 못할 수가 있을까."

예수 역을 하는 흑인 가수가 시시한 반주에 맞춰 단조롭게 노래를 했으며, 그 목소리는 인류애에 대해 시시껄렁한 가사를 성의 없이 내뱉기 시작했다.

"저런 끔찍한 소리를 내니까 못에 박히는 게 당연하지." 모니카가 말했다.

칼은 손을 뻗어 화면을 껐다.

"왜 이래, 재밌게 보고 있었는데." 모니카가 실망한 척하며 말했다. "아름다운 백조의 노래였다고."

나중에 모니카가 말했다. "어휴, 이 구닥다리. 정말 불쌍하네. 옛날이었다면 넌 존 웨슬리†나 칼뱅‡이나 뭔가 그런 사람이 되었을 거야. 하지만 이 시대에서 넌 구세주가 될 수 없어. 아무도 듣지 않는다고." 모니카의 목소리에는 칼을 걱정하는 애정의 흔적이 남아 있었다.

---

† 영국의 신학자이자 감리교의 창시자.
‡ 프랑스의 종교 개혁자.

17

 예언자는 시몬이라는 사람의 집에 묵고 있었다. 하지만 예언자는 그를 시몬이라는 이름 대신 베드로라 부르는 걸 선호했다. 시몬은 자기 아내가 한동안 앓던 병을 예언자가 고쳐준 걸 고마워했다. 원인을 알 수 없는 병이었지만, 예언자는 손쉽게 아내의 병을 고쳤다.
 당시 가버나움에는 이방인들이 무척이나 많았는데, 그 상당수는 예언자를 보러 온 사람들이었다. 시몬은 이런 이방인들 가운데 로마인의 첩자나 적의가 있는 바리새인들이 있으니 조심해야 한다고 예언자에게 경고했다. 바리새인 전부는 아닐지라도 상당수는 예언자를 싫어했고, 또한 이들은 예언자가 일으킨 기적 역시 믿지 않았다. 정치적 분위기가 불안했고, 빌라도를 비롯해 그의 군인들까지, 로마 점령군은 금방이라도 폭동이 일어나리라 예상하며 바짝 긴장했지만 실제로 폭동이 일어날 만한 조짐은 보이지 않았다.

빌라도는 무척이나 소박한 삶을 사는 사람이었다. 그는 잔바닥에 조금 남은 포도주 위에 물을 부으며 자기 위치를 생각했다.
 빌라도는 커다란 소요가 발생하길 바랐다.
 만약 열심당 같은 반란도당이 예루살렘을 공격한다면, 그것은 티베리우스가 자신의 조언을 무시하고 황패 봉헌 문제에 대해 유대인들에게 너무 물렀다는 증거가 될 터였다. 빌라도는 자신의 정당성을 입증할 수 있고, 유대인에 대한 권력이 커질 터였다. 어쩌면 뭔가 제대로 정책을 펼 수도 있었다. 현재 빌라도는 사분영주들과 사이가 나빴다. 특히 변덕 심한 헤롯 안티파스와 사이가 안 좋았다. 헤롯은 한때 유일한 그의 지지자였으나 이제는 아니었다.
 정치 상황 말고 가정사도 골치 아팠다. 신경증에 걸린 아내는 밤마다 다시 악몽을 꾸기 시작했고, 빌라도의 한계를 넘어선 관심을 요구했다.
 자신이 선동을 유발할 수도 있었지만, 그 경우에는 티베리우스가 그 사실을 알지 못하도록 주의해야만 할 터였다.

빌라도는 새로 나타난 예언자가 진앙지가 될지 궁금했다. 현재까지는 약간 실망이었다. 이 예언자는 유대나 로마 법을 어긴 게 없었다. 비록 기존의 성직 체계에 대해 좀 지나치게 통렬하긴 했지만 아직까지는 그 점을 걱정하는 이는 없었다. 성직자들을 비난하는 건 흔한 일이었다. 성직자들은 자기만족으로 차고 넘쳐서 남들이 자기 욕을 하든 말든 전혀 관심이 없었다. 사람들 말에 따르면 이 예언자는 자신이 구세주라고 주장했지만, 그건 불법이 아니었다. 그러면서도 현재 이 예언자는 사람들에게 반란을 일으키라고 사주하지는 않았다. 또한 이 예언자를 따르는 사람들이 한때 세례자 요한의 추종자들이라는 이유로 이 예언자를 체포할 수도 없었다. 헤롯은 공황 상태에 빠져 세례자 요한 문제를 아주 엉망으로 처리했다.

빌라도는 자기 방 창밖으로 예루살렘의 첨탑과 원뿔탑들을 보며 첩자들이 가져온 정보에 대해 생각했다.

로마인들이 농신제라 부르는 축제가 끝나고 곧바로, 예언자와 그의 추종자들은 다시 가버나움을 떠나 전국을 여행하기 시작했다.

뜨거운 계절이 지나고 난 지금은 기적이 덜 일어났지만, 사람들은 그의 예언을 갈망했다. 그는 사람들에게 미래에 일어날 모든 실수들, 자신의 이름으로 저지를 모든 범죄들에 대해 경고했고, 그리스도의 이름으로 행동하기 전에 먼저 생각을 하라고 간청했다.

그는 갈릴리, 사마리아 전역을 돌았고, 로마인들이 잘 닦아놓은 길을 따라 예루살렘으로 향했다.

이제 유월절이 가까워지고 있었다.

나는 생각해낼 수 있는 모든 일을 했어. 기적을 수행했어. 설교를 했고, 열두 사도를 뽑았어. 하지만 이건 모두 사람들이 요구하던 일이라 하기 수월했어. 나는 사람들의 창조물이야.

내가 충분히 잘했나? 역사의 흐름은 이제 변경할 수 없게 잘 정해진 건가?

곧 알게 되리라.

예루살렘에서 로마의 장교들은 다가올 축제에 대해 토론했다. 유월절은 가장 소요가 많은 때였다. 전에도 유월절 기간에는 폭동이 있었고, 올해도 비슷한 일이 일어날 게 뻔했다.

빌라도는 바리새인들에게 자신을 만나러 오라고 청했다.

바리새인들이 도착하자 빌라도는 최대한 비위를 맞추며 협조를 구했다.

바리새인들은, 최대한 협력을 하겠지만 만약 사람들이 멍청하게 굴면 도울 수 없노라고 대답했다.

빌라도는 기뻤다. 빌라도는 소란을 막기 위해 다른 사람들을 접견한 것이다. 이제 설사 폭동이 일어날지라도 자신은 비난을 받지 않을 터였다.

빌라도가 다른 장교들에게 말했다. "바리새인들을 도와서 우리가 뭘 할 수 있나?"

"가능한 한 빨리 최대한 많은 군대를 예루살렘으로 불러들여야 합니다." 부사령관이 말했다. "하지만 이미 병력을 좀 엷게 배분해둔 상태입니다."

"최선을 다해야지." 빌라도가 말했다.

장교들이 나가자 빌라도는 첩자를 불렀다. 첩자들은 새 예언자가 예루살렘으로 오고 있다고 말했다.

빌라도가 턱 끝을 문질렀다.

"그자는 전혀 위험해 보이지 않습니다." 첩자 한 명이 말했다.

"지금은 위험하지 않을 수도 있지." 빌라도가 말했다. "하지만 만약 그자가 유월절에 예루살렘에 도착한다면 위험한 존재가 될 수도 있어."

유월절 두 주 전, 예언자는 예루살렘 근처의 베다니라는 마을에 도착했다. 갈릴리 출신 추종자들 가운데 일부는 베다니에 친구들이 있었고, 이 친구들은 예언자에게 기꺼이 쉴 곳을 제공했다. 이들은 예루살렘과 성전을 찾아오던 다른 순례자들에게 소문을 들어 이 예언자에 대해 알고 있었다.

이들이 베다니로 온 까닭은 무리가 너무 많아 예언자가 불편해했기 때문이었다.

"사람들이 너무 많아." 예언자가 시몬에게 말했다. "너무 많아, 베드로."

예언자의 얼굴은 이제 수척했다. 눈은 쑥 들어가 있었으며, 거의 말을 하지 않았다.

가끔 그는 자신이 어디에 있는지 알 수 없다는 듯이 멍한 표정으로 주위를 둘러보곤 했다.

로마 첩자들이 예언자에 대해 묻고 다녔다는 소식이 예언자가 묵는 집으로 전해졌다. 그 소식에도 예언자는 전혀 동요하지 않았다. 오히려 만족한 표정으로 주의 깊게 고개를 끄덕였다.

"빌라도가 희생양을 찾는다는 소문이 있습니다." 요한이 경고했다.

"그럼 찾게 되겠지." 예언자가 대답했다.

한번은 예언자가 제자 둘을 데리고 예루살렘을 보기 위해 마을 너머로 갔다. 오후 햇살을 받은 예루살렘의 밝고 노란 성벽은 화려해 보였다. 몇 마일 떨어진 이곳에서도 탑과 높은 건물들이 보였다. 건물 상당수는 빨강, 파랑, 노랑으로 모자이크 무늬가 들어가 있었다.

예언자는 몸을 돌려 베다니로 돌아갔다.

저기 있군. 그리고 난 두려워. 죽음이 두려워. 신성모독이 두려워.

하지만 다른 방법이 없어. 이 길을 헤쳐 나가는 것 말고 이 일을 완수할 다른 방법은 없어.

"예루살렘에는 언제 갑니까?" 제자 한 명이 물었다.

"아직은 아닐세." 글로거가 말했다. 글로거의 어깨는 구부정했고, 춥다는 듯이 두 팔과 손으로 가슴을 감쌌다.

예루살렘에서 유월절 축제가 있기 이틀 전, 예언자와 제자들은 감람산과 산 근처 비탈에 세워진 벳바게라는 예루살렘의 근교로 향했다.

"내게 당나귀 한 마리를 구해주게나. 새끼여야 하네. 이제 예언을 실행에 옮겨야 한다네." 예언자가 제자들에게 말했다.

"그러면 모두가 선생님이 구세주인 것을 알게 될 것입니다." 안드레가 말했다.

"그렇지."

예언자가 한숨을 쉬었다.

이 공포는 다른 공포와는 달라. 이것은 자신의 마지막, 가장 극적인 장면을 연기하려는 배우가 느끼는 그러한 공포야.

예언자의 입술에 식은땀이 났다. 예언자는 그것을 닦았다.

침침한 조명 아래서 예언자는 주위의 제자들을 둘러보았다. 그는 여전히 제자 일부의 얼굴을 잘 알아보지 못했다. 그는 오로지 그들의 이름과 숫자에만 관심이 있었다. 지금은 열 명이 있었다. 다른 두 명은 당나귀를 구하러 나갔다.

가볍고 따뜻한 바람이 불어왔다. 이들은 감람산의 풀 덮인 비탈에 서서 예루살렘과 그곳의 성전을 바라보았다.

"유다?" 글로거가 망설이듯이 말했다.

일행 가운데 유다라 불리는 이가 있었다.

"네, 선생님." 유다가 말했다. 유다는 키가 크고 잘생겼으며 곱슬거리는 빨간 머리털에, 눈은 신경질적이고 총기가 흘렀다. 글로거는 그에게 간질병이 있다고 믿었다.

글로거가 생각에 잠긴 눈으로 유다 이스가리옷을 바라보았다. "우리가 예루살렘으로 들어간 뒤 나를 좀 도와줬으면 하네." 글로거가 말했다.

"어떻게 하면 됩니까, 선생님?"

"로마인들에게 메시지를 전해주게."

"로마인들에게요?" 유다가 난처한 표정을 지었다. "왜요?"

"꼭 로마인들이어야만 하네. 유대인들이면 안 돼. 유대인들은 돌이나 말뚝이나 도끼를 쓸 테니까. 때가 되면 더 자세히 알려주겠네."

이제 하늘은 어두웠고 감람산 위로 별들이 떠 있었다. 날씨가 추워졌다. 글로거는 몸을 떨었다.

18

수도 시온아, 한껏 기뻐하여라. 수도 예루살렘아, 환성을 올려라. 보아라, 네 임금이 너를 찾아오신다. 정의를 세워 너를 찾아오신다. 그는 겸비하여 나귀, 어린 새끼 나귀를 타고 오신다.

〈즈가리야〉 9장 9절

"호산나! 호산나! 호산나!"
 글로거가 당나귀를 타고 예루살렘으로 들어갈 때, 제자들은 앞서 달려가 바닥에 종려나무 가지를 던졌다. 거리 양쪽에는 제자들로부터 예언자가 온다는 소식을 들은 사람들로 북적였다.
 이제 예언자는 고대 예언자들이 했던 예언을 이루고 있었으며, 더 많은 사람들이 그를 믿었고, 그가 아도나이의 이름으로 세상에 왔으며 자신들을 이끌고 로마에 대항하리라고 여겼다. 심지어 어쩌면 총독에게 맞서기 위해 빌라도의 집으로 가고 있는 것일 수도 있었다.
 "호산나! 호산나!"
 글로거는 심란한 듯이 주위를 둘러보았다. 제자들이 자기 외투들을 깔아준 덕분에 당나귀 등은 폭신했지만 편하지는 않았다. 그는 흔들거렸고, 당나귀 갈기를 꽉 잡았다. 그는 사람들이 뭐라고 하는 소리를 들었지만 확실하게 알아들을 수가 없었다.
 "호산나! 호산나!"
 처음에는 사람들의 외침이 단순히 '호산나'라는 단어로 들렸지만 잠시 뒤 그는 그게 '우리를 구원하소서'라는 뜻의 아람어라는 것을 깨달았다.
 "우리를 구원하소서! 우리를 구원하소서!"
 요한은 이번 유월절에 무장 봉기를 할 계획이었다. 많은 사람들이 그 봉기에 동참할 계획이었다.
 사람들은 예언자가 요한을 대신해 반란군의 지도자가 되리라 여겼다.

"안 됩니다." 예언자는 기대 가득한 표정을 지은 사람들을 둘러보며 중얼거렸다. "안 됩니다. 저는 구세주입니다. 하지만 저는 여러분을 구원할 수 없습니다. 저는 여러분을……."

그들의 믿음은 근거가 없었다. 하지만 예언자의 말은 이들의 함성에 묻혀 아무에게도 들리지 않았다.

칼 글로거는 그리스도가 되었고, 그리스도는 예루살렘에 들어갔다. 이야기는 이제 클라이맥스를 향해 가고 있었다.

"호산나!"

그것은 이야기에 포함되어 있지 않았다. 글로거는 사람들을 도울 수 없었다.

그것은 그의 살이었다.

원하는 사람들에게 한 조각씩 나누어준 것은 그의 살이었다. 그것은 더는 그의 것이 아니다.

"정말 잘 들어두어라. 내가 보내는 사람을 받아들이는 사람은 나를 받아들이고 또 나를 받아들이는 사람은 나를 보내신 분을 받아들인다." 예수께서 이 말씀을 하시고 나서 몹시 번민하시며 "정말 잘 들어두어라. 너희 가운데 나를 팔아넘길 사람이 하나 있다." 하고 내놓고 말씀하셨다. 제자들은 누구를 가리켜서 하시는 말씀인지를 몰라 서로 쳐다보았다. 그때 제자 한 사람이 바로 예수 곁에 앉아 있었는데 그는 예수의 사랑을 받던 제자였다. 그래서 시몬 베드로가 그에게 눈짓을 하며 누구를 두고 하시는 말씀인지 여쭈어보라고 하였다. 그 제자가 예수께 바싹 다가앉으며 "주님, 그게 누굽니까?" 하고 묻자 예수께서는 "내가 빵을 적셔서 줄 사람이 바로 그 사람이다." 하셨다. 그리고는 빵을 적셔서 가리옷 사람 시몬의 아들 유다에게 주셨다. 유다가 그 빵을 받아 먹자마자 사탄이 그에게 들어갔다. 그때 예수께서는 유다에게 "네가 할 일을 어서 하여라." 하고 이르셨다.

〈요한 복음〉 13장 20-27절

유다 이스가리옷은 방을 나서 복잡한 거리를 따라 총독 궁으로 향했다. 유다 이스가리옷은 자신이 하는 일이 잘 이해가 되지 않아 얼굴을 찡그렸다. 로마인들을 속이고 사람들이 예수를 보호하기 위해 봉기를 하도록 만든다는 계획에 자신이 참여했다는 것은 확실했지만, 그 계획은 너무나 무모해 보였다. 붐비는 거리에서 서로 난폭하게 떠밀어대는 남녀노소 사이의 분위기는 험악했다.

평소 도시를 순찰하던 때보다 로마 군인들이 더 많았다.
"하지만 로마인들이 선생님을 체포할 이유가 없습니다." 유다는 예언자에게 이렇게 말했다.
"내가 그들에게 이유를 줄 걸세." 예언자가 대답했다.

달리 그 일이 일어나게 할 방법이 없었다.
글로거는 그게 문제되리라고는 생각하지 않았다. 기록자들이 알아서 잘 정리할 터였다.

빌라도는 적게 먹고 술도 적게 마셨지만 뚱뚱했다. 입매에서는 제멋대로 구는 사람이라는 느낌이 풍겼고, 가느다란 눈의 눈빛은 강렬했다. 그는 유대인들을 경멸했다.
"정보가 거짓인 게 밝혀지면 밀고자에게 돈을 주지 않네." 빌라도가 경고했다.
"저는 돈을 원하지 않습니다, 각하." 로마인들이 유대인에게 기대하는, 알랑거리는 태도를 취하며 유다가 말했다. "저는 황제에게 충성하는 사람입니다."
"반란을 일으키는 자가 누구지?"
"나사렛에서 온 예수입니다, 각하. 오늘 예루살렘으로 들어

왔습니다."

"알아. 나도 봤다. 하지만 내가 듣기론, 그자는 평화와 법에 복종하도록 설교한다고 하던데."

"각하를 속이기 위해서입니다. 하지만 오늘 그자는 평소와 달랐습니다. 바리새인들을 노하게 했고, 로마인들에게 대적하는 발언을 했습니다. 본색을 드러냈습니다."

빌라도는 얼굴을 찡그렸다. 그럴 수도 있었다. 하지만 빌라도는 이렇게 사근사근한 말투로 말하는 사람은 대개 흑심이 있다는 걸 잘 알았고, 상대에게서도 그런 낌새가 느껴졌다.

"증거가 있는가?"

"증인이 백 명도 넘습니다."

"증인의 기억력은 믿을 게 못 돼." 빌라도는 살짝 기분이 상해 말했다. "증인들을 어떻게 찾아내겠는가?"

"제가 그자의 유죄를 증언하겠습니다. 저는 그자의 제자 가운데 한 명입니다."

상황이 너무나 잘 풀려서 진짜로 믿기 어려울 정도였다. 빌라도는 입술을 삐죽 내밀었다. 지금 이 순간 바리새인들의 비위를 상하게 할 수는 없었다. 그러지 않아도 바리새인들은 그에게 충분한 골칫거리였다. 만약 예수라는 자를 체포하면 특히 가야바가 '부당'하다며 앵앵거릴 게 뻔했다.

"그자가 성직자들을 공격했다고?"

"그자는 자신이 다윗의 직계이며, 유대 민족의 적법한 왕이라고 주장합니다." 유다는 자기 스승이 시킨 대로 빌라도에게 말했다.

"그자가 그런 주장을 했어?" 빌라도가 생각에 잠겨 창밖을 내다보았다.

"그리고 각하, 바리새인들의 경우는……."

"바리새인들이 뭐?"

"바리새인들은 그자가 죽기를 원합니다. 믿을 만한 소식통으로부터 들은 겁니다. 그런 대다수의 의견에 반대하는 몇몇 바리새인들이 그자에게 예루살렘을 빠져나가라고 경고했지만, 그자는 거부했습니다."

빌라도가 고개를 끄덕였다. 그는 눈을 감고 방금 들은 정보를 곰곰이 생각해보았다. 바리새인들이 그 예언자를 싫어할 수도 있었다. 하지만 그 예언자를 체포한다면 바리새인들은 그 사실을 자신들의 정치적 입지를 강화하는 데 이용할 터였다.

"바리새인들은 그자를 가둬두고 싶어 합니다." 유다가 말을 이었다. "그 예언자의 말을 듣기 위해 사람들이 계속 몰려들고, 오늘만 해도 많은 사람들이 성전에서 그 사람이 시켰다며 행패를 부렸습니다."

"그게 그자였단 말인가?" 대여섯 명쯤 되는 사람들이 성전의 환전상들을 공격하고 돈을 갈취하려고 한 건 사실이었다.

"체포된 자들에게 누가 그런 일을 선동했는지 물어보십시오. 나사렛 사람의 수하들입니다." 유다가 말했다.

빌라도가 아랫입술을 깨물었다.

"나는 그자를 체포할 수 없네." 예루살렘의 상황은 이미 위험했으며, 만약 이 '왕'이라는 자를 체포한다면 대대적인 폭동이 일어나 상황은 빌라도가 걷잡을 수 없을 정도로 커질 터였다. 빌라도는 소동을 원했지만 그 소동의 원인으로 보이고 싶지는 않았다. 그랬다가는 티베리우스는 유대인이 아닌 빌라도를 비난할 터였다. 하지만, 만약 유대인들이 원해서 그자를 체포하게 된다면, 사람들의 분노를 로마인들로부터 돌릴 수 있을 터였고, 그러면 군대가 문제를 잘 해결할 수 있었다. 바리새인들을 자기편으로 만들어야 했다. 그자들이 예언자를 체포해야만 했다. "여기서 기다리도록." 빌라도가 유다에게 말했다. "가바야에게 메시지를 보내겠네."

그들은 게쎄마니라는 곳에 이르렀다. 예수께서 제자들에게 "내가 기도하는 동안 여기 앉아 있어라." 하시고 베드로와 야고보와 요한만을 따로 데리고 가셨다. 그리고 공포와 번민에 싸여서 "내 마음이 괴로워 죽을 지경이니 너희는 여기 남아서 깨어 있어라." 하셨다.

〈마르코 복음〉 14장 32-34절

글로거는 폭도들이 다가오는 걸 볼 수 있었다. 나사렛을 떠나고 처음으로, 그는 자신이 육체적으로 약하고 지쳤음을 느꼈다.
 저들은 글로거를 죽일 터였다. 글로거는 죽어야만 했다. 그는 그것을 받아들였지만 다가올 고통이 두려웠다. 그는 언덕 비탈에 앉아 사람들이 든 횃불이 가까워지는 모습을 지켜보았다.

모니카가 말했다. "순교라는 이상주의는 오직 몇몇 수도자들의 마음속에서만 존재해. 나머지는 병적인 마조히즘이고, 통상의 의무를 저버리는 쉬운 방법이며, 억눌린 사람들을 계속 통제하기 위한 수단일 뿐이야."
 "그건 그렇게 간단한 게 아니야……"
 "아니, 그렇게 간단한 거야, 칼."

이제 글로거는 모니카에게 증명할 수 있었다.

하지만 모니카는 절대로 이 사실을 모를 거라는 점이 안타까웠다. 글로거는 모든 일을 기록으로 적어 타임머신에 남겨두고 그게 다시 발견되길 바랄 계획이었다. 신기한 일이었다. 상식선에서 볼 때, 글로거는 종교인이 아니었다. 그는 불가지론자였다. 모니카의 조롱 섞인 멸시에 대항에 종교를 옹호한 건 신념이 확고해서가 아니라 오히려 모니카가 자기 신념의 뿌리를 두고 있는 이념, 즉 '과학이 모든 문제를 해결하리라'는 주장에 대한 신념이 그에게 없기 때문이었다. 글로거는 모니카의 믿음을 공유할 수 없었고, 비록 기독교의 하느님이라는 존재를 믿지 않았지만 그에게 남은 건 종교뿐이었다. 기독교와 다른 위대한 종교들의, 수수께끼에 싸인 신비로운 힘으로서의 하느님은 글로거에게 충분하지 않았다. 그의 이성은 그에게 하느님은 그 어떤 개인적 형태로도 존재하지 않는다고 경고했다. 그의 무의식은 과학에 대한 믿음으로는 충분하지 않다고 말했다. 그는 한때 자신이 느꼈던 자기경멸을 떠올렸으며, 왜 자신이 그렇게 느꼈는지 궁금했다.

언젠가 모니카는 이렇게 말한 적이 있었다. "기본적으로 과학은 종교와 대립해. 제아무리 많은 예수회 수사들이 모여 과학에 대한 기독교의 관점을 합리화한다 할지라도 종교가 과학의 기본적인 의견을 받아들이지 못한다는 점에는 변함이 없으며, 또한 과학이 종교의 기본 원리를 공격한다는 점도 흔들리지 않아. 둘이 차이가 없고 서로 다툴 필요가 없는 유일한 영역은 바로 궁극적인 가정에 있어. 하느님이 있다고 가정할 수도 있고 없다고 가정할 수도 있어. 하지만 그자가 자신의 가정을 옹호하는 순간, 투쟁은 시작되는 거야."

"넌 조직화된 종교에 대해 이야기하고 있어……."

"나는 믿음과 반대편에 서 있는 종교에 대해 이야기하는 거야. 과학 의식이 훨씬 더 우월한데 그걸 제치고 종교 의식을 필요로 하는 사람이 어디 있겠어? 종교는 지식의 그럴싸한 대체물이야. 하지만 이제 그런 대체물이 더는 필요가 없어, 칼. 과학은 사고 체계와 윤리를 형성할 수 있는 굳건한 바탕을 제공해준다고. 과학은 행동의 결과를 보여주고, 사람들은 그러한 행동이 옳은지 그른지 자신들이 쉽사리 알 수 있어. 이제 더는 천국에서 내려주는 당근이나 지옥에서 휘갈기는 채찍 따위는 필요 없단 말이야."

"난 받아들일 수 없어."

"그건 네가 병에 걸렸기 때문이야. 나 역시 병에 걸렸지. 하지만 적어도 난 건강해지리라는 희망이 보여."

"나는 죽음의 위협만이 보여……."

미리 약속한 대로, 유다는 글로거의 뺨에 키스를 했고, 성전의 위병들과 로마 병사들이 그를 포위했다.
 글로거는 살짝 힘들어하며 로마 군인들에게 말했다. "나는 유대의 왕이다." 바리새인 하인에게는 이렇게 말했다. "나는 너의 주인들을 멸망시키러 온 구세주이니라."
 이제 글로거는 체포되었고, 마지막 의식이 시작되길 기다리고 있었다.

19

난잡한 재판이었다. 로마와 유대 법이 마구잡이로 뒤섞여 적용되었지만, 그 누구도 만족시키지 못했다. 본시오 빌라도와 가야바는 몇 번을 논의했고, 각자의 법률 체계를 상황에 맞게 입맛대로 고치려고 세 번을 시도한 끝에 목적을 이룰 수 있었다. 둘 모두 각자의 목적을 위해 희생양이 필요했고, 그래서 마침내 목적이 이루어졌고 광인은 선고를 받았다. 로마 측에게는 반란음모자라는 혐의였고, 유대 쪽에서는 이단이라는 혐의였다.

이 재판의 특징은 목격자가 모두 그의 추종자들이면서 또한 그가 유죄 선고를 받기를 열렬히 원한다는 점이었다.

"아, 이 소름 끼치는 광신도들이란." 빌라도가 말했다. 그는 만족스러웠다.

바리새인들은 로마식 처형이 시기와 상황에 가장 잘 어울린다는 점에 동의했다. 바로 십자가형이었다. 하지만 광인은 명망이 있었으며, 따라서 순례자들 눈에 그자가 우스꽝스럽고 바보 같은 인물로 보이게 해야 했다. 이들은 그에게 여러 번의 검증을 거쳐 그 효과가 확실해진 로마식 모욕을 주기로 했다.

빌라도는 바리새인들에게 자신도 그 현장에 참관하리라고 확언했지만, 바리새인들의 승인 아래 자신이 명령을 내린 것이라는 서류에 그들이 서명케 했다.

죄인은 움츠러든 것 같기는 해도 거의 만족한 듯한 표정이었다. 그는 재판 과정에서 충분히 말을 했지만 자신을 옹호하는 발언은 거의 하지 않았다.

다 이루었어.
내 삶은 증명되었어.

병사들은 예수를 총독 관저 뜰 안으로 끌고 들어가서 전 부대원을 불러들였다. 그리고 예수께 자주색 옷을 입히고 가시

관을 엮어 머리에 씌운 다음 "유다인의 왕 만세!" 하고 외치면서 경례하였다. 또 갈대로 예수의 머리를 치고 침을 뱉으며 무릎을 꿇고 경배하였다. 이렇게 희롱한 뒤에 그 자주색 옷을 벗기고 예수의 옷을 도로 입혀서 십자가에 못 박으러 끌고 나갔다.

〈마르코 복음〉 15장 16-20절

"오, 칼, 넌 관심을 끌 수만 있다면 무슨 짓이든 하겠구나······."
"넌 주목받기를 좋아하는구나, 꼬마야······."
"맙소사, 칼. 관심을 끌려고 정말 별짓을 다 하는구나······."

'지금은 아니야. 이건 아니야. 이건 그러기에는 너무나 고귀해.'
고통의 아지랑이 너머로 사람들이 그를 비웃고 있는 건가?
그 얼굴들 사이, 자기연민 가득한 눈으로 보는 이가 바로 글로거인가? 그의 유령인가······?
하지만 사람들은 그에게 깊이 박혀 있는 만족감을 없애지 못했다. 그 만족감은 글로거가 처음 느껴본 완벽하고 충만한 경험이었다.

고통과 관례적인 모욕을 받는 과정, 즉 자신의 역할을 수행하기 위해 그가 스스로 자처한 상황을 겪으면서, 글로거는 머릿속이 안개에 낀 듯 멍해졌다.

그는 무거운 나무십자가를 지기에는 너무나 약했기에, 로마 병사들은 구레네 사람을 붙들어 십자가를 지게 했다. 구레네 사람은 십자가를 질질 끌고 골고다를 올랐고, 글로거가 그 뒤를 따랐다.

그는 침묵에 잠겨 자신을 지켜보는 사람들로 들어찬 거리를 비틀거리며 걸었다. 한때 그를 따르며 그가 자신들을 이끌고 로마의 지배에서 해방시켜주리라 믿던 사람들이었다. 그의 눈은 초점이 풀려 있었고, 그는 비틀거리며 종종 길을 벗어났다. 그럴 때마다 로마 호위병 하나가 그를 찔러대며 다시 길로 들어서게 했다.

"너는 너무 감정적이야, 칼. 좀 정신을 차리고 이성적으로 살면 안 되겠니?"

글로거는 그 말이 기억났지만 누가 그 말을 했는지, 그리고 칼이 누구인지 잘 기억나지 않았다.

언덕 비탈을 따라 난 길은 돌이 많았고, 그는 가끔씩 미끄러졌다. 미끄러지면서 그는 자신이 올랐던 다른 언덕을 떠올렸다. 어린 시절의 기억 같았지만, 다른 기억들과 뒤섞였기 때문에 확실하게 그 당시를 떠올리는 건 불가능했다.

그는 거친 숨을 몰아쉬었다. 숨을 쉬기 어려웠다. 머리에 쓴 가시관이 주는 고통은 거의 느낄 수 없었지만 온몸이 심장 박동에 맞춰 맥동하는 듯했다. 마치 북이 된 느낌이었다.

저녁이었다. 해가 지고 있었다. 언덕 정상에 오르는 순간 그는 고꾸라졌고 날카로운 돌에 머리를 다쳤다. 그는 기절했다.

그는 어린아이였다. 아직도 어린아이인가? 저들은 어린아이를 살해하지 않을 터였다. 만약 그가 자신이 아직 어린아이임을 솔직하게 털어놓는다면……?

> 그들은 예수를 끌고 골고다라는 곳으로 갔다. 골고다는 해골산이라는 뜻이다. 그들은 포도주에 몰약을 타서 예수께 주었으나 예수께서는 드시지 않았다.
> 〈마르코 복음〉 15장 22-23절

그는 잔을 밀쳐냈다. 병사는 어깨를 으쓱해 보이고는 그의 한쪽 팔을 잡았다. 다른 팔은 이미 다른 병사가 잡고 있었다.

의식이 회복되는 동안 그는 격렬하게 떨기 시작했다. 밧줄이 그의 손목과 발목을 파고들자 격렬한 고통이 느껴졌다. 그는 발버둥 쳤다.

그는 뭔가 서늘한 것이 손바닥에 와 닿는 것을 느꼈다. 비록 손바닥 중앙 아주 작은 영역에 불과했지만 그것은 아주 묵직한 느낌이었다. 그의 귀에 무슨 소리가 났다. 그 소리 역시 그의 심장 박동에 맞춰 들렸다. 그는 고개를 돌려 손을 보았다. 남자의 손이었다.

글로거는 땅 위에 수평으로 해놓은 무거운 나무십자가에 누워 있었고, 한 병사가 망치를 이용해 커다란 쇠못을 글로거의 손에 박고 있었다. 글로거는 그 모습을 지켜보며 왜 아무런 고통도 느껴지지 않는지 의아했다. 못이 나무에 닿아 잘 들어가지 않자 병사는 망치를 더 높이 쳐들었다. 병사의 망치질이 두 번 빗나가면서 못 대신 글로거의 손가락을 쳤다.

다른 쪽을 보니 두 번째 병사가 역시 못을 박고 있었다. 그쪽 손이 피에 물들어 짓이겨진 걸 보니 그 병사는 몇 번이나 망치질을 잘못한 모양이었다.

첫 번째 병사가 못 박는 걸 마치더니 발 쪽으로 주의를 돌렸다.

못이 살을 파고드는 게 느껴졌고, 계속해서 망치질 소리가 들렸다.

병사들은 도르래를 써서 십자가를 똑바로 세웠다. 글로거는 주위에 아무도 없음을 깨달았다. 그날 십자가에 못 박힌 이는 그 혼자뿐이었다.

젖가슴 사이에서 대롱거리는 작은 은십자가, 다가오는 거친 나무십자가.

그의 성기가 발기했다가 가라앉았다.

저 아래로 예루살렘의 불빛이 선명하게 들어왔다. 하늘에는 아직 빛이 조금 남아 있었지만 점점 어두워져가고 있었다.

곧 완전히 어두워질 터였다.

얼마 안 되는 사람들이 모여서 그를 지켜보고 있었다. 여자한 명은 눈에 익었다. 그가 그녀를 불렀다.

"모니카?"

하지만 그의 목소리는 갈라져 있었고, 그가 내뱉은 단어는 속삭임에 지나지 않았다. 그녀는 고개를 들지 않았다.

그는 자기 몸을 지탱하는 못에 무게가 실린 것을 느꼈다. 왼

손이 쑤시는 듯이 아프다고 생각했다. 심하게 출혈을 하는 듯했다.

글로거는 자신이 여기에 매달려야만 하는 게 이상하다고 생각했다. 원래는 이 사건을 목격하러 온 것뿐이라고 생각했다. 하지만 사실 의혹은 없었다. 모든 것이 완벽하게 진행되었다.

왼손의 고통이 커져갔다.

그는 십자가 발치에서 주사위 놀이를 하는 로마 호위병들을 내려다보았다. 병사들은 게임에 푹 빠져 있었다. 하지만 이 거리에서는 주사위의 눈이 보이지 않았다.

그는 한숨을 쉬었다. 가슴의 움직임 때문에 양손이 잡아당겨진 듯했다. 이제 고통은 꽤 심했다. 그는 움찔하며 몸을 나무에 기대 고통을 조금이나마 덜어보려 했다.

숨이 거칠었다. 고통이 온몸으로 퍼져나가기 시작했다. 이를 갈았다. 끔찍했다. 그는 헐떡이며 비명을 질렀다. 몸부림쳤다.

하늘에는 아무런 빛도 남아 있지 않았다. 두꺼운 구름이 별과 달을 가렸다.

아래에서 속삭이는 소리들이 들렸다.

"날 내려줘." 그가 외쳤다. "오, 제발 날 내려줘!"

난 그냥 어린아이일 뿐이야.

꺼져, 이 씹할 년아!

고통이 몸 안을 가득 채웠다. 그는 공기를 찾아 거칠게 헐떡였다. 그가 고개를 수그리면서 몸이 앞으로 축 처졌지만 아무도 그를 풀어주지 않았다.

잠시 뒤 그가 고개를 들었다. 그 동작으로 인해 고통이 다시 돌아왔고, 그는 십자가 위에서 몸부림치기 시작했다. 그는 천천히 질식하고 있었다.

"날 내려줘. 제발. 제발 그만하란 말이야!"

도저히 가능할 것 같지 않은 고통이 그의 온몸 구석구석의 살 한 점, 모든 근육과 힘줄과 뼈 한 조각까지 가득 채웠다.

그는 자신이 이튿날까지 살아 있으리라고 예상했었지만, 이제는 그러지 못할 걸 알았다.

    세 시에 예수께서 큰소리로 "엘로이, 엘로이, 레마 사박타니?" 하고 부르짖으셨다. 이 말씀은 '나의 하느님, 나의 하느님, 어찌하여 나를 버리셨나이까?'라는 뜻이다.

〈마르코 복음〉 15장 34절

글로거가 기침을 했다. 간신히 소리만 나는 마른기침이었다. 하지만 밤은 무척이나 조용했기 때문에 십자가 아래의 병사들이 그 소리를 들었다.
"웃기지." 한 병사가 말했다. "어제까지만 해도 놈들은 저 자식을 숭배했어. 그런데 오늘은 죽기를 바라는 것 같잖아. 심지어 저자랑 가장 친했던 놈들까지 말이야."
"어서 이곳을 떠나기나 했으면 좋겠다." 동료가 말했다.

어린아이를 죽이면 안 되는 거잖아. 글로거가 생각했다.

모니카의 목소리가 다시 들렸다. "그건 허약함과 공포야, 칼. 그 때문에 네가 이 지경까지 온 거야. 순교는 자만이야."
그는 다시 한 번 기침을 했고, 고통이 돌아왔다. 하지만 이제 고통은 전보다 덜했다. 그의 숨은 점점 더 얕아졌다.
죽기 직전, 그는 다시 말을 하기 시작했다. 숨을 거두기 직

전까지 그는 속삭였다. "거짓말이야, 거짓말이야, 거짓말이야……."†

나중에, 그의 시체가 특별한 효험이 있다고 믿은 의사들은 하인을 시켜 그의 시체를 훔쳤고, 그가 죽지 않았다는 소문이 떠돌았다. 하지만 해부실에 있던 시체는 이미 썩고 있었고, 곧 폐기될 터였다.

† 원문은 'It's a lie, it's a lie, it's a lie'로 성서에서 예수가 죽기 직전 했던 '엘로이, 엘로이, 레마 사박타니?'의 앞부분과 비슷한 발음이다.

옮긴이의 말

이 사람을 보라

이에 예수께서 가시 면류관을 쓰고 자색 옷을 입고 나오시니 빌라도가 저희에게 말하되 보라 이 사람이로다 하매

〈요한 복음〉 19장 5절†

《이 사람을 보라》

종교에 무관심한 편인 과학과 달리, 과학소설(SF, Science Fiction)은 종교에 큰 관심을 보인다. SF 작가들은 종교와 직접적인 연관이 있는 작품들을 썼고, 독자에게 종교의 본질에 대해 생각할 기회를 주었다. 예를 들어, 아서 클라크의 단

---

† 《성서 개역한글판》에서 인용.

편 〈동방의 별〉에서는, 예수회 소속 천문학자가 베들레헴의 별이 사실은 신성이며 그로 인해 그 항성 주위를 돌던 행성의 문명 전체가 멸망했음을 발견하며, 과연 신이 존재한다면 예수의 탄생을 알리기 위해 그렇게까지 큰 희생을 치르는 것이 옳은 일인가에 대한 의문을 제기한다. 제임스 블리시의《양심의 문제》에서는 외계행성 리티아에 파견된 예수회 소속 루이스-산체스 신부가 도덕적으로 고결하지만 (신의 모습을 본떠 만들었다는 인간과는) 아주 다른 모습을 한, 기독교와는 아무 관련이 없는 종족을 발견하고 신학적 고민에 빠진다. 또한 SF 중에는 종교의 역할을 다루는 책들도 있는데, 가령 월터 밀러 주니어의《리보위츠를 위한 찬송》은 핵전쟁 이후 스러져가는 문명을 지키기 위해 애쓰는 가톨릭이 소재이다. 그리고 종교에서 인간의 역할은 어디까지인가에 대한 SF도 있다. 댄 시먼스의《히페리온》에서는 먼 미래에 멸망해가는 가톨릭을 거짓 증거를 써서 억지로 지키고 부흥시키는 것이 과연 옳은 일인가를 고민하는 신부가 이야기의 큰 줄기를 차지하고 있다. 또한 SF는 종교의 핵심인 구원, 특히 구세주에 대해서도 큰 관심을 보여, 로버트 하인라인의《낯선 땅 이방인》이나 프랭크 허버트의《듄》, 아서 클라크의《유년기의 끝》《도시와 별》, 로저 젤라즈니의《신들의 사회》, 댄 시먼스의《엔디미온》, 진 울프의《새로운 태양의 책》그리고 본서인《이 사람을 보라》는 모두 구세주의 등장을 주제로 하고 있다.

  SF가 종교 그리고 구세주에 큰 관심을 보이는 것은 바로 SF가 내/외우주에 대한 지적 탐구를 극한까지 추구하는 문학이며, 인류와 인류가 속한 사회가 나아지길 원하기 때문이다. 이렇게 SF가 그리는 구세주는 상상을 초월한 문명을 갖춘 외계인이거나(《유년기의 끝》《도시와 별》), 외계인과 관련이 있는 인물(《낯선 땅 이방인》)일 수도 있고, 또는 멸망한 뒤 새로 피어나는 문명 속에서 각성을 한 인간일 수도 있다(《새로운 태양의 책》《엔디미온》). 또한 과학의 발전을 외삽하며 먼 미래의 외우주에서 구세주를 찾는 SF와 달리, 본서 《이 사람을 보라》처럼 내우주, 즉 현실과 인간 속에서 구세주를 탐구하는 SF들도 있다.

  SF에서 내우주의 탐구는 1960년대 영국에서 시작한 '뉴웨이브'에서 그 시작을 볼 수 있다. 뉴웨이브는 SF가 염가판 잡지를 통해 번창했던 황금시대의 기법과 문체는 그 수명을 다했다고 믿었다. 뉴웨이브 최고의 스타라 할 수 있는 제임스 발라드는 "SF는 이제 우주, 성간 여행, 외계인, 우주 전쟁에서 등을 돌려야 한다"†고 주장했으며 역시 뉴웨이브 운동의 선두에 섰던 브라이언 올디스는 "SF를 받치는 기둥은 우주

---

† 〈내우주는 어디인가?(Which Way to Inner Space?)〉, 《뉴 월즈》 5월호, 1962.

선, 텔레파시, 로봇, 시간 여행 정도가 전부이며, 이것들은 동전과 같아서 너무 오랫동안 유통된 탓에 이제는 그 가치가 떨어졌다"†라고 주장했다. 이렇게 기존의 SF 기법에 사형 선고를 내린 뉴웨이브의 작가들은 형식과 내용 면에서 실험성이 가득하고 더 문학적이며 예술적 감수성이 강하면서, 외우주가 아닌 인간의 심리와 내면 그리고 사회적 문제를 탐구하는 작품을 쓰는 데 주력했다. 그리고 뉴웨이브 운동이 한창 위세를 떨치던 1969년, 역사상 가장 유명한 구세주라 할 수 있는 예수를 주제로 하며, 구세주를 다루는 SF 가운데 가장 유명한 《이 사람을 보라》가 출간된다. 〈요한 복음〉 19장 5절에서 제목을 따온 이 작품은 원래 1966년 중편으로 선보였다가 3년 뒤 장편으로 확대한 것으로, 본서는 바로 이 확대한 장편을 번역한 것이다. 이 책은 발표 당시 영국에서 좋은 평을 받았고, 가톨릭과 유대교에서도 호평을 받았으며, 미국에서도 대부분 좋은 반응을 얻었다. 하지만 예상할 수 있듯이, 기독교 근본주의자들의 격렬한 항의도 있어, 작가는 몇 차례에 걸쳐 살해 위협을 받기도 했다(작가는 살해 위협을 한 독자들에게는 책의 내용이 만족스럽지 못해 미안하다는 정중한 편지와 함께 책값, 우표값을 돌려줬다고 한다).

† 《1조 년의 잔치. 과학소설의 역사(Trillion year Spree. The History of Science Fiction)》, 런던, 팔라딘 그래프톤, 1986.

뉴웨이브가 낳은 최대 성과로 평가받는 이 작품은 크게 보자면 시간 여행물에 속하지만, 뉴웨이브를 대표하는 작품답게 시간 여행과 그 원리에 대해서는 아주 짧은 설명만 할애하며 주인공 칼 글로거의 심리 변화에 초점을 맞추고 있다. 이 책은 워낙 유명하고 또한 내용도 꽤 자세히 알려졌기에, 책을 읽지 않은 사람도 그 내용을 대충 짐작할 수 있는 아주 이상한 걸작이라고 할 수 있다. 이 작품은 자기연민에서 헤어 나오지 못하는 사회 부적응자이자 융의 숭배자인 주인공 칼 글로거가 무신론자이자 합리주의자인 여자 친구 모니카와 결별한 뒤 삶의 의미를 발견하기 위해 타임머신을 타고 1970년대에서 서기 28년으로 가 사료에 기록된 예수를 찾는 이야기이다. 그리고 앞서 말했듯이, 기독교 근본주의자들이 불편해할 만한 내용이 꽤 담겨 있다.

본서는 내용은 물론이거니와 여러 가지 관점에서 기독교에 비판적이다. 우선, 모니카의 입을 빌려 예수는 구세주가 아니며 후대가 창조한 존재에 불과할 수도 있다는 시선을 노골적으로 드러낸다. 그리고 주인공인 글로거는 그러한 모니카의 주장에 제대로 반박을 하지 못하고, 결국 증명을 하기 위해 예수가 살던 시대로 가지만, 원하던 증거를 찾지 못하고 현실과 자신이 원하는 바를 혼동하며 거짓으로 그 증거를 만든다. 그리고 융의 신봉자답게 그리스도를 모방한 삶을 통해 자신의 본질을 발견한다. 이를 통해 칼 글로거가 진정한 자기 삶을 살았는지 아니면 다른 누군가의 삶을 거짓되게 살았는지는 독자가 판단할 몫이다. 하지만, 성서의 예수는 진노와 징벌의 하느님만 알던 유대인들에게 사랑의 하느님을 자리 잡게 하고 세속의 구원이 아닌 정신의 구원을 이야기하며 진정한 구세주가 된 반면, 칼 글로거는 세례자 요한이 자신의 생명의 은인인데도 성서에 기록되어 있으니 헤롯에게 죽임을 당해야 한다고 주장하고, 성서에 있다는 이유만으로 입에 발린 구원을 이야기하고, 먹고살기 위해 축복을 내리고, 또한 성서에 없다는 이유로 유대인들의 구원을 거부하여 명백한 대조를 이룬다. 그리고 "거짓말이야……"를 속삭이며 죽어가는 글로거의 최후에서 작가의 생각을 엿볼 수 있다.

 앞서 말했듯이 SF는 종교에 관심이 많다. 하지만 종교를 대하는 태도가 늘 경건한 것만은 아니다. SF에서 종교는 멸망해 갈 수도 있고, 아예 존재하지 않을 수도 있으며, 구세주가 외계인으로 나타날 수도 있다. SF는 본질적으로 도전 정신이 충만한 문학이기 때문이다. 문학이 종교에 꼭 적대적이지 않듯이 SF 역시 종교에 반드시 적대적이지 않은 것은 확실하지만, 생각이 닫힌 일부 사람들을 불편케 하는 내용 또한 많은 것은 틀림없는 사실이다. 이 책의 독자 가운데에는 그런 불편함을 느끼는 이가 없기를 바란다.

'이 사람'을 보라

1960~70년대 SF를 주도하며 다양한 실험적 기법과 주제를 SF로 끌어들인 뉴웨이브의 대표이자 뉴웨이브가 최초로 구심력 있는 운동 형태를 갖추게 한 장본인인 마이클 무어콕은 1939년 영국 런던에서 태어났다. 어린 시절에는 에드거 라이스 버로스, 조지 버나드 쇼, 에드윈 레스터 아놀드의 책을 읽으며 작가의 꿈을 키웠다. 1957년에 《타잔의 모험》이라는 잡지의 편집장이 되었고, 그때부터 단편들을 발표하기 시작했다. 그리고 1964년 5월부터 1971년 3월까지 《뉴 월즈》의 편집장을 지내며 이전까지 우주선과 칼싸움으로 가득했던 전통적인 SF 잡지를 6, 70년대 SF의 새로운 흐름을 만들어내는 혁신적 잡지로 변화시켰다.†

무어콕이 편집장으로 있는 동안 《뉴 월즈》는 심리학과 기호학으로 대표되는 인문과학적 주제의 작품들을 주로 실었고, 또한 주제를 전달하는 기법적인 면을 중시했다. 또한 뉴웨이브를 대표하는 양대 스타라 할 수 있는 제임스 발라드와 브라이언 올디스의 작품과 평론을 꾸준히 게재하며 창작과 비평을 활성화시켰고, 실험적 기법의 작품들을 자주 실은 탓에 많은 논란을 불러일으키기도 했다. 특히 1970년 휴고 상 후보작

---

† 무어콕은 1976년부터 1996년까지 《뉴 월즈》의 편집장직을 다시 맡았다.

이기도 한 노먼 스핀래드의 《버그 잭 배론》의 연재는 노골적인 섹스 묘사로 큰 논란을 불러일으켰고, 그로 인해 영국 하원의원들이 이 잡지에 기금을 대는 문화예술위원회를 공개적으로 비난한 사건은 유명하다.

이 시기에 무어콕은 종종 제임스 콜빈이라는 이름으로 글을 발표했고 'JC'라는 머리글자를 자주 썼으며 또한 무어콕의 거의 전 작품을 통해 등장하는 주인공인 '영원한 챔피언'의 이름으로 제리 코넬리우스, 제리 코넬, 제렉 카넬리언 등을 썼는데 모두 머리글자가 'JC'라는 특징이 있다. 하지만 정작 《이 사람을 보라》의 주인공이자 예수(Jesus Christ)를 대체하는 인물인 칼 글로거의 머리글자가 JC가 아니라는 점은 주목할 만하다.

무어콕은 '검과 마법'류의 영웅 판타지와 SF 모두에 능하며, 독자들에게 열띤 반응을 받았을 뿐 아니라 비평가들에게도 그 문학성을 인정받았다. 그는 코넬리우스 4부작의 마지막 권인 《배경 음악의 조건》(1977)으로 가디언 소설상을 받았으며, 17세기 가상의 영국을 배경으로 한 《글로리아나》(1978)로는 존 W. 캠벨 기념상과 월드 판타지 상을 받았고†, 주류 문학 작품이라 할 수 있는 《머더 런던》(1988)으로는 휘트브레

---

† 이 책은 처음 출판된 이래 단 한 번도 절판된 적이 없다.

드 상 최종후보까지 오르기도 했다. 이후 무어콕은 코넬리우스 4부작(1969~1977), 《머더 런던》과 그 후속인 《도시의 왕》(2000), 피아트 4부작(1981~2006)으로 비평가들의 주목을 받았고, 《런던 리뷰 오브 북스》는 그를 명망 있는 현대 문학 작가에 포함시키기도 했다. 그리고 2008년에 〈타임스〉는 무어콕을 '전후 가장 위대한 영국 작가 50인'에 선정했다.

마이클 무어콕은 작품뿐 아니라 문학에 기여한 공로도 인정받아, 브리티시 판타지 협회(1993), 월드 판타지 협회(2000), 세계 공포문학 작가 협회(2005), 미국 과학소설 및 판타지 작가 협회(2008)로부터 각각 평생 공로상을 받았으며, 2002년에는 '과학소설과 판타지 명예의 전당'에 올랐다.

마이클 무어콕은 1980년대 이전까지는 주로 단편과 비교적 분량이 짧은 장편 소설을 써왔으나 1980년대부터는 《머더 런던》이나 피아트 4부작처럼 더 길고 좀 더 주류 문학에 가까운 작품들을 썼다. 또한 무어콕의 대표작 가운데 하나이자 영웅 판타지 장르의 걸작인 '엘릭' 시리즈의 마지막 권인 《하얀 늑대의 아들》(2005)을 발표하며 더는 '검과 마법'류의 영웅 판타지 작품을 쓰지 않겠노라고 선언했다. 하지만 동시에 자신이 이전에 썼던 작품들을 꾸준히 개작했는데, 단순히 제목을 바꾸거나 등장인물의 이름을 바꾸는 정도의 변화는 물론이거니와 내용을 덧붙이거나 아예 구조 전체를 바꾸는 경우도 종종 있다. 마이클 무어콕의 주요 작품이 국내에 번역되지 않는 것은 (돌려 말해서) 바로 이러한 개작이 완전히 끝나기를 역자들이 기다리는 것이 아닐까 하는 생각이 들 정도이다.

무어콕의 작품 대부분에는 다차원 우주를 관통해 존재하는 '영원한 챔피언'이라는 영웅이 등장한다(《머더 런던》은 영원한 챔피언이 등장하지 않는 드문 예이다). 평행우주 세계관의 한 가지인 다차원 우주는 입자물리학에서 영감을 받아 생각해낸 것으로, 여러 개의 중첩된 차원과 구와 세계로 이루어진 여러 개의 우주들로 구성되었으며, 질서와 혼돈이 영원히 대결하는 곳으로 묘사된다. 하지만 질서나 혼돈 어느 한쪽의 승리는 다차원 우주를 영원히 정체시키기 때문에 우주의 균형을 잡는 힘이 질서와 혼돈 어느 한쪽의 완전한 승리를 허용하지 않는다. 그리고 질서, 혼돈, 균형의 세력은 다양한 챔피언들에게 힘을 실어주어 자신을 대표하게 한다. 그 가운데 영원한 챔피언은 모든 차원과 세계에서 존재하며 우주의 균형을 위해 싸울 운명을 타고난 영웅을 뜻한다. 하지만 그 자신은 그런 운명을 모르는 경우가 많고, 종종 그 운명에 거부하기 위해 투쟁하지만, 당연히 실패한다. 그리고 질서와 혼돈의 세력을 막는 것이 운명이기에 어쩔 수 없이 둘의 틈바구니에서 고통을 당한다. 무어콕의 대표작이라 할 수 있는 본서의 칼 글로거나 '엘릭' 시리즈의 주인공 엘릭이나 또 다른 대표작인 '제리 코넬리우스' 시리즈의 제리 코넬리우스가 바로 이러한 영원한 챔피언의 한 모습이다.

마이클 무어콕은 이러한 다차원 우주의 장점을 십분 이용하여 《폐허에서의 아침 식사》(1927)에서 본서의 주인공인 칼 글로거를 주인공으로 등장시키며, 《시간의 끝에 선 무용수들》(1981)에서는 타임머신을 통해 과거로 간 사람이 죽으면 시간을 격하게 거슬러 원래 시간으로 돌아온다는 설명을 통해 칼 글로거의 재등장을 설명한다.

마이클 무어콕은 음악에도 재능이 있어, 영국의 록밴드인 '호크윈드'와 많은 협연을 했고, 몇몇 곡의 가사를 쓰기도 했다. 또한 호크윈드의 앨범 〈마검 연대기〉는 엘릭 시리즈에 나오는 마검 스톰브링어와 그 이야기를 원작으로 하고 있다. 무어콕은 호크윈드의 순회공연 무대에 종종 오르기도 했다. 또한 무어콕은 '마이클 무어콕&더 딥 픽스'†라는 자신만의 밴드를 결성했고 1975년에 첫 앨범을 냈으며 2004년과 2008년에도 앨범을 발표했다.

또한 마이클 무어콕은 자신이 창작한 소설의 배경을 다른 사람이 쓰는 데도 관대하여, 브라이언 올디스, 존 해리슨, 노

† '더 딥 픽스(The Deep Fix)'는 그의 소설 속 등장인물인 제리 코넬리우스가 이끄는 밴드 이름이자 1960년대에 마이클 무어콕이 제임스 콜빈이라는 이름으로 쓴 단편소설과 동명 소설집의 제목이다.

먼 스핀래드 같은 작가들이 제리 코넬리우스 우주를 배경으로 한 단편들을 썼으며 국내에서는 《파반》으로 유명한 키스 로버츠도 무어콕의 《얼음 범선》(1969)의 빙원을 배경으로 단편을 두 개 발표했다.

  마이클 무어콕은 현재 미국 텍사스 주 오스틴에 거주하며, 새 작품을 준비하는 동시에 자신의 웹페이지(http://www.multiverse.org/)를 통해 독자들과도 활발히 교류하고 있다.

최용준

옮긴이 최용준

서울대학교 천문학과를 졸업했으며 미국 미시간 대학에서 이온추진 엔진에 대한 연구로 비(飛)천문학 박사 학위를 받았다. 저온 플라스마 현상을 연구한다. 옮긴 책으로는 《넘버 나인 드림》《래그타임》《끌림》《3등급 슈퍼 영웅》《아메리칸 러스트》 등이 있다. 《이 세상을 다시 만들자》로 제17회 과학기술 도서상 번역 부문을 수상했다. 시공사의 '그리폰 북스', 열린책들의 '경계 소설선', 샘터사의 '외국 소설선'을 기획했다.

이 사람을 보라

2013년 12월 17일 초판 1쇄 인쇄
2013년 12월 24일 초판 1쇄 발행

지은이 | 마이클 무어콕
옮긴이 | 최용준
발행인 | 전재국
발행처 | (주)시공사
출판등록 | 1989년 5월 10일(제3-248호)

주소 | 서울 서초구 서초동 1628-1(우편번호 137-879)
전화 | 편집 (02)2046-2869 · 영업 (02)2046-2800
팩스 | 편집 (02)585-1755 · 영업 (02)588-0835
홈페이지 | www.sigongsa.com

ISBN 978-89-527-7052-3(03840)

본서의 내용을 무단 복제하는 것은 저작권법에 의해 금지되어 있습니다.
파본이나 잘못된 책은 구입하신 서점에서 교환하여 드립니다.